rororo

rororo

Günter Brödl alias Trainer (1955–2000) lebte als Autor und Texter in Wien und Teneriffa. Berühmt wurde er als Erfinder der Kunstfigur Dr. Kurt Ostbahn: Während einer Radiosendung entstand die Frage, wie amerikanische Vorstadt-Bands wie Southside Johnny & the Ashbury Jukes wohl in Wien heißen würden. Brödls Antwort lautete: Ostbahn Kurti und die Chefpartie. So begann die Erfolgsgeschichte der Musikkombo (in der Willi Resetarits Dr. Kurt Ostbahn verkörperte) und der Krimireihe. Der erste Roman „Blutrausch" wurde 1997 erfolgreich verfilmt.

„Kurt Ostbahn ist der Bruce Springsteen von Simmering." („Süddeutsche Zeitung")

Günter Brödl

KURT OSTBAHN
KOPFSCHUSS

Roman

Rowohlt Taschenbuch Verlag

Veröffentlicht im Rowohlt Taschenbuch Verlag GmbH,
Reinbek bei Hamburg, Januar 2002

Umschlaggestaltung Notburga Stelzer
(Foto: Schuster)
Druck und Bindung Clausen & Bosse, Leck
Printed in Germany
ISBN 3 499 23136 0

Die Schreibweise entspricht den Regeln
der neuen Rechtschreibung.

Dieses Buch, der vierte Teil der Kurt-Ostbahn-Trilogie, ist der Kombo, namentlich den Herren Silvio Berger, Chris Angelface Eigner, Ricky Gold, Prof. Gugg, Alex Horstmann, Karl Ritter v. Stockerau und Klaus T. Silber Trabitsch, gewidmet, deren Spielwitz, Herzensbildung und Musizierfreude den F&B rund um die Welt und ins nächste Jahrtausend tragen werden.

INHALT

Three days that I dread to see arrive
Three days that I hate to be alive
Three days filled with tears and sorrow
Yesterday, Today and Tomorrow
Willie Nelson

Sunset on the highway to old Mexico
Ruby like the wind upon my face
Thunder from a storm on the horizon far away
Ruby cut directly to the chase
Kris Kristofferson

I. NUEVO LAREDO, MEXICO

Ich bin ein Killer. Und zwar der beste dies- und jenseits des Rio Bravo, der bereit war, den Job für zehntausend Dollar zu machen. Eine Okkasion, ein mörderisches Sonderangebot sozusagen, nimmt man zum Vergleich die für das zweite Halbjahr 98 gültige Preisliste von *Murder Incorporated* zur Hand. Der amerikanische Berufsverband veranschlagt für einen solchen Auftrag mindestens fünfzehntausend. Dazu kommen noch Reisespesen, Tagesdiäten und ein Aufschlag von zwanzig Prozent, weil die Drecksarbeit nicht in den USA, sondern südlich der Grenze, in den mexikanischen Bundesstaaten Nuevo León oder Coahuila erledigt werden soll. So gesehen bin ich ein Halbpreis-Killer.
Was mich bei der (gewerkschaftlich) organisierten Kollegenschaft wohl aber endgültig disqualifiziert: Ich nehm nur ein Viertel des Honorars als Vorschuss, wo doch in der Branche fünfzig Prozent Akonto zum rauen Ton gehören, und ich versteife mich auch nicht auf harte US-Dollars in kleinen Scheinen. Ich nehme an Bargeld, was die Kundschaft vorrätig hat.
Heute kurz vor sechs Uhr morgens zum Beispiel, an der Rezeption des *Hotel Reno* in Nuevo Laredo, drückte mir mein Kontaktmann Alfonso, der Nachtportier, einen mit

stark gebrauchten Banknoten aus aller Welt gefüllten Plastikbeutel in die Hand.
„Zweitausendfünfhundert", sagte er. Ich sagte nichts, zog nur meine rechte Augenbraue hoch und warf einen zweifelnden Blick in den Sack mit dem Akonto.
„Más o menos", beeilte sich Alfonso mit dem Anflug eines entschuldigenden Lächelns hinzuzufügen. „Mehr oder weniger."
Da ich den Wechselkurs der slowakischen Krone ebenso wenig im Kopf habe wie den der dänischen, norwegischen oder isländischen, verzichtete ich aufs Nachzählen. Und außerdem ist es doch so: In meinem Job geht gegenseitiges Vertrauen über alles. Das ist, wenn Sie so wollen, wie ein Arzt-Patienten-Verhältnis, mit dem kleinen Unterschied, dass Ihnen der Mediziner Ihres Vertrauens das Leben retten soll, meine Profession hingegen mit aller gebotenen Diskretion dafür Sorge trägt, dass jemand, dem Sie den Tod an den Hals wünschen, prompt vom Sensenmann ereilt wird.
Ich bin, wie gesagt, ein Killer.
Und in meinem Handwerk ist es wie bei jedem anderen Handwerk auch: Es gibt solche und solche. Es gibt die guten, soliden Kräfte, auf die stets Verlass ist und die nie Anlass zu Reklamationen geben, deren Arbeit (und auch ihr übriges Leben) jedoch jedwede Spur von Phantasie oder Vision vermissen lassen. Es gibt die Schaumschläger und Hochstapler, die zu völlig überhöhten Preisen wahre Meisterwerke versprechen, um dann mit einem Minimum an Aufwand und Risiko ganz einfach Pfusch abzuliefern. Und dann gibt's noch eine verschwindend kleine Minderheit, die unbeeindruckt vom Hohn und Gespött der anderen ihren eigenen Weg geht. Allein, unverstanden, aber unbeirrt. Was diese Männer auszeichnet, ist, dass sie ihre Arbeit lieben. Sie lieben die Kunst der Präzision, in der Planung wie in der Durchführung. Sie lieben die Herausforderung, stets uneinholbar schneller, kaltblütiger und phantasievoller als der Gegner sein zu müssen. Sie sind Puma, Adler und Schlange.

Alfonso, der Nachtportier, wusste spätestens nach Übergabe der bunt sortierten Vorauszahlung, woran er bei dem schweigsamen Gringo war. Er breitete eilig eine Straßenkarte zwischen uns auf das Rezeptionspult und zeigte auf einen großen weißen Fleck zirka hundertfünfzig Kilometer südwestlich von Nuevo Laredo.
„Tres Cruces“, sagte er.
Aber es gab kein Tres Cruces auf der Karte. Es gab auch keinen Hinweis auf irgendwelche Straßen, die mich nach Tres Cruces bringen würden. Da war nur dieses Nichts von der Größe seines Daumennagels, das im Osten von der Schnellstraße nach Monterrey begrenzt wurde und im Westen von *El Coahuilense,* der Eisenbahnlinie, die von Piedras Negras an der texanischen Grenze in zehn Stunden Fahrt durch die Wüste hinauf zu den Hochplateaus der Sierra Madre und der Provinzhauptstadt Saltillo führt.
„Tres Cruces“, sagte ich, faltete die Karte zusammen und steckte sie in die Brusttasche meiner Jacke.
Unter den drei Kreuzen, gab mir mein Kontaktmann mit auf den Weg, würde ich alles Weitere erfahren, von seinem Bruder Emilio, dem Besitzer der einzigen *posada* im Ort, und von dessen Schwager Ernesto, der mit seiner Familie in dem Haus mit dem großen *Texaco*-Schild neben den ausgebrannten Autowracks lebt. Dann schob er mir die Papiere und Schlüssel für den Mietwagen über den Tresen.
Ich quittierte auf der Rückseite einer Postkarte, die ein Standfoto aus dem Film *Bandido* zeigt. Ich trage auf Geschäftsreisen stets ein Dutzend dieser Karten mit Schwarzweißaufnahmen aus Robert-Mitchum-Filmen bei mir und bestätige darauf den Erhalt von Honorarzahlungen etc. mit dem Namen John Smith.
Das ist ein kleiner Tick von mir, ein Spleen, der mir in den gut zwanzig Jahren, die ich nun schon in diesem Geschäft bin, immer Glück gebracht hat. Robert Mitchum und John Smith, sie begleiten mich sozusagen auf allen meinen Wegen. Es gab keinen einzigen Auftrag, den ich angenommen hätte,

ohne zuvor mit Robert und John Rücksprache zu halten. Und wenn wir uns einig sind, dann sind wir zwar nicht unverwundbar, aber kleinkriegen konnte uns in all den Jahren niemand.
„Señor Smith", sagte Alfonso weihevoll, nachdem meine Mitchum-Karte in der Tasche seiner Portiersuniform verschwunden war, *„viva la muerte!"*
„Dein Wort in Gottes Ohr, *amigo*", sagte ich zum Abschied und hatte plötzlich das Gefühl, dass Tres Cruces alles andere als eine leichte Übung werden würde.
Ich meine: Meinen Meisterbrief hab ich mir bereits 1979 in Detroit verdient, als zwei der Werksspionage überführte technische Mitarbeiter eines namhaften Motorenherstellers, die vom Gericht aus Mangel an Beweisen freigesprochen worden waren und nun munter weiter Betriebsgeheimnisse an die Konkurrenz verscherbelten, eines Morgens nicht mehr zur Arbeit erschienen, weil sie eine unfreiwillige Reise durch den Leichtmetallhäcksler und gleich im Anschluss daran durch die Alu-Walzanlage unternommen hatten. Ich hatte die beiden mehrfach gewarnt, aber sie wollten nicht hören. Heute fahren sie, in kleinsten Teilen gleichmäßig verteilt, auf zwei Dutzend Karosserien, als schrottreife 79er-Buicks oder verbeulte Chryslers desselben Jahrgangs durch unser Land.
Was ich damit sagen will: Ich muss mir nicht jeden Tag aufs Neue beweisen, dass ich nicht den Beruf verfehlt habe. Und Tres Cruces roch bereits jetzt, als ich aus der Hotelhalle in den Dunst des frühen Morgens hinaustrat und zu dem mitternachtsblauen Miet-Chevy ging, mehr nach Tod und Verderben als sämtliche Aufträge zusammen, die ich heuer schon zur vollsten Zufriedenheit meiner Kunden hatte erledigen können.
„¡Vamonos, amigos!", sagte ich zu Robert und John, als ich die Wagentür aufschloss und mich ans Steuer setzte. Sie haben viele Stunden Zeit, meine Bedenken während der Fahrt nach Tres Cruces zu zerstreuen. Das machen wir im-

mer so. Unser altes Was-wäre-wenn-Spiel. Ich zähle alle erdenklichen Unmöglichkeiten auf. Robert dreht sich einen Reefer nach dem andern, wie schon seinerzeit in Hollywood, hört schweigend zu und kriegt ganz müde, schwere Lider, ehe er zu einer Stellungnahme bereit ist. Die hat dann aber Hand und Fuß. Bei John ist das etwas anders. Er redet wie ein Wasserfall, bemüht Vergleiche aus der griechischen Mythologie, von der er keine blasse Ahnung hat, oder zitiert aus den Fernsehserien und R&B-Hits seiner Jugend. Wenn er dann schlagartig in brütendes Schweigen versinkt, liegt das daran, dass ihm der Scotch in seinem Flachmann auf mysteriöse Weise abhanden gekommen ist.
Zu diesem Zeitpunkt der Beratungen hab ich aber bereits alle Argumente sorgfältig abgewogen und unsere Entscheidung getroffen.
„Einverstanden?“, frage ich dann Robert.
„Okay“, sagt er.
„Einverstanden, John?“
„Okay“, sagt er.
So läuft das bei uns. Ein eingespieltes Team.
Der Puma, der Adler und die Schlange.

2. TRES CRUCES, MEXICO

Alles dreht sich um Lupita und ihre Cousine Rosalita, zwei Totenköpfe und ein Skelett.

Die Angelegenheit erfordert jede Menge pädagogisches Feingefühl und diplomatisches Geschick. Aber sowohl die Erziehungsberechtigten der beiden Mädchen als auch die nähere Verwandtschaft, also Oma, Opa, Onkel Ernesto und die vielen älteren Geschwister, sind in den letzten Stunden mit ihren Vermittlungsversuchen kläglich gescheitert. Die beiden Mädchen haben sich mit ihren Totenköpfen jetzt in ihre Ecken zurückgezogen und weinen bitterlich.

Schauplatz der Tragödie ist Emilios *cantina,* die bis an die niedrige Decke mit Marienbildern, Bierreklamen, vergilbten Familienfotos, bunten Holztieren, getrockneten Chilischoten und Kruzifixen vollgeräumte Lokalität von Tres Cruces. Der 1. November naht und somit der *Día de los Muertos*, der Tag der Toten, an dem das ganze Land mit seinen Ahnen und Verblichenen eine gigantische Party feiert. Die Vorbereitungsarbeiten laufen auch in Tres Cruces auf Hochtouren. In der Küche werden nach Omas alten Rezepten Kuchensärge, Kuchengerippe und Kuchentotenschädel gebacken und die ganze Familie dekoriert Emilios Gaststube mit bunten Scherenschnitten und Papiergirlanden, deren tödliche Motive die

Vermutung nahe legen, dass man hierzulande ein ziemlich entspanntes Verhältnis zu Gevatter Tod hat.
Die Hauptattraktion ist zweifellos ein mannsgroßes Gerippe aus Pappkarton mit beweglichen Armen und Beinen, das die Kinder gebastelt und *muertito* (Tödchen) getauft haben und das auf Emilios Theke sitzen soll, eine Flasche Tequila in der Hand und eine Zigarre zwischen den Zähnen. Das Problem mit *muertito* ist nur, dass die Bastelarbeiten offenbar schlecht koordiniert waren und man erst bei der Montage der schwarzweiß bemalten Pappknochen draufkam, dass der Tod plötzlich zwei Köpfe hat. Der Schädel, den Emilios Tochter Lupita in tagelanger Arbeit angefertigt hat, besticht vor allem durch sein tadelloses dottergelbes Gebiss aus getrockneten Kaktusblüten und die leuchtenden Stanniolpapier-Augen. Das Werk ihrer Cousine wiederum kann mit den sechs Goldzähnen punkten, die einst Glieder des elastischen Armbandes einer Herrenuhr waren, und mit den in Schlangenlinien aufgeklebten Glasperlen und Spiegelsplittern auf der hohen Stirn.
Zwei wunderschöne Totenschädel für nur ein herrliches Gerippe. Der Familienrat hat das Problem seit meinem Eintreffen in ständig wechselnder Besetzung emotionsgeladen und lautstark diskutiert. In der Gaststube, in der Küche, vor und hinter dem Haus und dann wieder in der Gaststube.
Und jetzt bin ich dran. Ein unparteiischer Außenstehender soll entscheiden, welchen Schädel *muertito* tragen soll, verfügt Emilio und duldet keine Widerrede. Er ist der Herr im Haus. Das muss endlich einmal demonstriert werden.
Mein Problem ist, dass ich momentan ganz andere Probleme habe.
Zum Beispiel Verbrennungen mindestens zweiten Grades an meinen Unterarmen, weil ich zehn Kilometer kurzärmelig unter sengender Sonne durch die Wüste gelatscht bin, nachdem der Miet-Chevrolet im Schatten einer zirka zehn Meter hohen Yucca beschlossen hatte, das Zeitliche zu segnen.
Dazu kommen hochgradige Verätzungen des Gaumens, der

Speiseröhre und des Verdauungstrakts, weil ich mich gleich nach meiner Ankunft mit Heißhunger über Juanitas Tagesgericht hergemacht hatte, einer lokalen Köstlichkeit namens *chilaquiles* (gebratene Tortillastückchen, Hendlfleisch und Chilis in Käsesauce), die mir aber spätestens nach dem dritten hastigen Bissen die Tränen in die Augen und den Schweiß aus allen Poren trieb. *„Muy picante"*, lachten Wirt und Köchin. Als sich allerdings nach einem weiteren verschärften Happen akute Atemnot einstellte, hatten sie Erbarmen und leisteten mit einer Hand voll Zucker erste Hilfe.
Zu den körperlichen Problemen gesellt sich außerdem der nagende Verdacht, dass die hilfsbereiten und gastfreundlichen Menschen von Tres Cruces mit dem Besuch eines Gringos aus dem fernen Nordosten gerechnet haben und daran Hoffnungen knüpfen, die ich garantiert nicht erfüllen kann.
Weshalb sonst will Emilio mit mir dringend unter vier Augen sprechen, wenn die Totenkopf-Krise endlich ausgestanden ist?
Und warum wusste sein Schwager Ernesto, der an der so genannten Ortseinfahrt einen Autofriedhof, Abschleppdienst, Reifenservice oder *Texaco*-Außenposten (ohne Zapfsäule) betreibt, dass ich heute früh in Nuevo Laredo losgefahren bin, in einem blauen Chevy von *Rente un auto*?
Keine Ahnung. Ich weiß es nicht. Und Antworten sind erst dann zu erwarten, wenn die Kunstwerke von Lupita und Rosalita auch von mir ausgiebig bewundert wurden und ich ein salomonisches Urteil gefällt habe.
„Ich würde sagen, ein *muertito* ohne Kopf kommt ebenso wenig in Frage wie ein *muertito* mit zwei Köpfen", nähere ich mich also vorsichtig dem alles überschattenden Thema des Tages an und ernte prompt zustimmendes Kindernicken. „Da es aber zwei so wunderschöne Totenschädel gibt, sollte es meiner Meinung nach auch zwei *muertitos* geben, die dann gemeinsam auf Emilios Theke sitzen, miteinander Tequila trinken, sich lustige Geschichten erzählen und dabei Zigarre rauchen."

„¡¿*Dos muertitos*?!“

Die erste Aufregung ist groß. Aber meine Anregung kommt offenbar an, denn Lupita und Rosalita jagen plötzlich mit strahlenden Augen in die Küche, um Oma, Mutter und Tante von der friedlichen Beilegung der Totenkopf-Krise und dem nun anstehenden Bau eines zweiten Pappkarton-Gerippes zu berichten.

Und auch Emilio ist zufrieden. Der ebenso umfangreiche wie gut gelaunte Wirt setzt sich zu mir und stellt eine Flasche Spezial-Mezcal auf den Tisch, die ihm sein ältester Bruder Miguel aus dem Hochland zum Geburtstag geschickt hat.

„Ich hab den Kindern den gleichen Vorschlag schon vor Stunden gemacht“, meint er und füllt die Gläser, „aber niemand wollte davon hören. Da sieht man, was das Wort des Vaters heute noch zählt. ¡*Salud!*“

Er hebt lachend das Glas und zeigt dabei mehr Goldzähne als Rosalitas Totenkopf.

„¡*Salud!*“

Unser dringendes Gespräch unter vier Augen ist mit dieser ersten Runde Agavenschnaps wohl eröffnet, bleibt thematisch aber vorerst sozusagen in der Familie. Emilio berichtet mir begeistert von seinem Bruder Alfonso, der seit einem halben Jahr in einem erstklassigen Hotel in Nuevo Laredo als Nachtportier arbeitet und dem ich heute früh eine Autogrammkarte von Robert Mitchum geschenkt habe.

„Hab ich das?“, frage ich.

„John Smith!“, lacht Emilio, zwinkert mir verschwörerisch zu und füllt die Gläser.

„Wer ist John Smith?“

Meine Frage erheitert den korpulenten Kantineur so sehr, dass er mit der flachen Hand auf die Tischplatte haut, worauf der Geburtstags-Mezcal über den Rand der Gläser schwappt und ich anfange, mir ernsthafte Sorgen um meinen Geisteszustand zu machen. An dem einen Glas Mezcal kann's nicht liegen. Das mexikanische Bier, mit dem ich mich seit dem lebensbedrohenden Verzehr der *chilaquiles* verarzte, enthält meines Wissens keine bewusstseinsverändernden Substanzen. Also sind wohl der Jetlag, die viele Sonne und der plötzliche Klimawechsel eine unheilige Allianz eingegangen, die nun mein Bewusstsein trübt.

Die Sache ist doch die: Ich bin irgendwann gestern oder so von Wien nach New York geflogen, von New York nach Fort Worth und von Fort Worth nach Laredo. Dort hab ich mir ein Taxi vom Flughafen zur *Ponte 1* genommen und zu Fuß diese graubraunen, schlammigen Gestade überquert, die von den Texanern in ihrer großspurigen Art *Rio Grande* genannt werden. Ich habe das südliche Ufer und somit mexikanischen Boden betreten und mir in Nuevo Laredo einen Mietwagen genommen, der mich bis zu der bereits erwähnten Zehn-Meter-Yucca und keinen Zentimeter weiter bringen wollte. Den Rest des staubigen Weges bin ich marschiert, weil in dieser trostlosen Gegend öffentliche Verkehrsmittel nicht existent und private Mitfahrgelegenheiten äußerst rar sind. Außerdem warnen Film und Fernsehen immer wieder davor, in menschenleeren Regionen wie dieser zu Fremden ins Auto zu steigen. Mindestens fünfzig Prozent des Verkehrsaufkommens entfallen hier auf mordlustige Sektenmitglieder, drogensüchtige Drogenkuriere und durchgeknallte, bis an die Zähne bewaffnete Ami-Pärchen, die einmal zu oft *Natural Born Killers* gesehen haben.

So kam ich also am späten Nachmittag zu Fuß nach Tres Cruces, das es laut Wanderkarte nicht gibt. Womit die Karte gar nicht einmal so Unrecht hat. Denn Tres Cruces ist keine Ortschaft, kein Dorf oder Weiher, wie wir das von uns daheim gewöhnt sind. Tres Cruces fängt dort an, wo die Sandpiste aufhört, und zwar mit Ernestos Autofriedhof, Schrottplatz oder was auch immer der rostige Trümmerhaufen darstellen soll. Dann sehen wir zu unserer Linken und Rechten zirka sieben ebenerdige Hütten und Häuser sowie Emilios *cantina,* das einzige Gebäude mit Obergeschoss. Komplettiert wird das traurige Ensemble von den Ruinen einer jesuitischen Missionskirche, der Tres Cruces seinen Namen ver-

dankt. Bei entsprechender Sonneneinstrahlung spenden die drei Kreuze auf dem Glockenturm Ort und Umland golden glänzend göttlichen Trost.
Emilio hat vorerst genug gelacht, hebt das Glas und ernennt mich per Trinkspruch zu *el loco*.
Mit der Narrenkappe kann ich leben.
Mit den Aufgaben aber, die man mir zugedacht hat, tu ich mich echt schwer. Es geht um einen gewissen Ramon und um eine Señora Regina, die ich morgen dringend aufsuchen muss.
Und es geht um Mord.
Nach dem dritten Glas lähmen mir Müdigkeit und Mezcal die Zunge. Sonst würde ich sofort und lautstark Einspruch erheben und ein für alle Mal klarstellen, dass John Smith aus mir unbekannten Gründen noch nicht in Tres Cruces eingetroffen ist, obwohl er sich zur selben Zeit wie ich in Nuevo Laredo auf den Weg gemacht hat.
Ich bin nicht John Smith, würde ich zu Emilio sagen, und ich bin auch nicht hier oder auf dieser Welt, um jemanden umzubringen. Mein Name ist Ostbahn, Kurt Ostbahn, und ich komme aus der Reindorfgasse in Wien-Fünfhaus, wo ich im dritten Stock des Zwölferhauses eine generalsanierte Altbauwohnung (siehe: *Kurt Ostbahn: Plutzangst*) bewohne, wenn ich nicht grad acht Monate im Jahr auf Tournee oder beim Ricky Gold in Ollersbach im Tonstudio bin.
So schaut's aus, würde ich sagen. Aber so sag ich gar nix und bemühe mich redlich, Emilios Ausführungen zu folgen.
Ramon, das hab ich inzwischen begriffen, ist der Bösewicht, den der Zorn Gottes treffen soll. Señora Regina aber ist die gute Fee, die über Umwege und für viel Geld den Fachmann John Smith engagiert hat, der das Unaussprechliche in Gottes Namen erledigen wird.
Emilio merkt offenbar an meinen Kummerfalten, dass mich das Thema anstrengt und ermüdet. Also wendet er sich, flankiert von noch einer Runde Spezial-Mezcal, meiner privaten, menschlichen Seite zu. Er legt seine breite Hand auf

meine schmale Schulter und will wissen, ob ich denn auch eine gute Frau, viele gesunde Kinder und ein schönes Haus mein Eigen nenne.
„*No*“, sage ich.
„Das ist aber nicht gut“, erklärt mir Emilio. „Ein Mann braucht einen Hafen, in dem er sorglos vor Anker gehen kann, wenn er müde ist.“
„Ich bin müde“, sage ich, „immer müde.“
„Ich weiß“, sagt Emilio und lacht schon wieder. „Wie Robert Mitchum.“
Dann bringt er mich durch den Hinterhof und über eine halsbrecherische Leiter zu meinem Zimmer im Obergeschoss. Es ist sein größtes und schönstes Zimmer, mit Blick auf das Gotteshaus und den Gottesacker. John Smith ist zum Töten hier. Und der braucht in Momenten des Zweifelns eventuell die Nähe des Herrn.
„Super“, sage ich.
Emilio hat wirklich an alles gedacht. Wobei mir der Agavenbrand seines Bruders, unter uns gesagt, näher steht als das baufällige Quartier Gottes am Ende der Straße.

3. WIEN-FÜNFHAUS

„Verschwunden?", fragt der Herr Josef.
„Verschwunden", sage ich. Bereits zum dritten Mal. Vielleicht liegt es an seiner noch nicht ganz auskurierten Mittelohrentzündung, dass mein Stammwirt heute alles mindestens dreimal hören will, ehe er zu einem Kommentar bereit ist. Oder aber die fortgeschrittene Stunde und das starke Breitbandantibiotikum, im Verein mit einer halben Flasche Fernet und mehreren größeren Bieren, haben die Sinne des Herrn Josef mehr getrübt als befürchtet. Er ist ja auch nimmer der Jüngste, wie man so sagt. Und für dreißig Jahre Nachtgeschäft kriegt man irgendwann die Rechnung präsentiert. Solche Sprüche hört man von ihm in letzter Zeit immer öfter.
Das *Café Rallye* hatte vor mindestens zwei Stunden Sperrstunde. Der Wirt und sein treuester Gast aber halten eisern die Stellung. Der Herr Josef an seinem Stehplatz hinter der Budel und ich auf meinem Stammhocker an der Bar. Zwischen uns stehen ein voller Aschenbecher, zwei frisch gefüllte Gläser und die beinah leere Flasche Fernet. Der Herr Josef hat sie aufgemacht, nachdem die letzten Gäste – der Polifka-Rudl und studentische Laufkundschaft, die der Zufall ins Herz von Fünfhaus verschlagen haben muss, – endlich gegangen waren.
„Verschwunden?", fragt er ein hoffentlich letztes Mal und

kippt seinen Magenbitter. Dann hustet er und raucht sich gleichzeitig eine Marlboro an. Ich kenne sonst niemanden, der das kann: bellend husten und sich sozusagen im selben Atemzug den Rauch einer roten Marlboro in die schwarzen Lungen ziehen.
„Was heißt, er is verschwunden?", beginnt er endlich mit seiner Einschätzung der Lage. „Kein Mensch verschwindet so mir nix, dir nix. Schon gar ned da bei uns. Und schon überhaupt ned der Herr Trainer. Der is doch bekanntermaßen die Verlässlichkeit in Person. Absolut frank. Aber das brauch ich Ihnen ja ned sagen!"
„Tatsache is aber: Der Trainer is weg! Und zwar schon seit Samstag."
„Weg?", sagt der Herr Josef. „Weg? Das is natürlich was ganz was andreas."
„Inwiefern?"
„Weil man verschwindet, wenn man was ausgefressen hat, Herr Kurt. Dann verschwindet man von einem Tag auf den andern, und wenn man es geschickt anstellt, dann verschwindet man nicht allein, sondern nimmt zwanzig, fünfzig, hundert Millionen mit. Aus einer Parteikassa zum Beispiel, oder vom Firmenkonto. Startkapital für ein neues Leben in der Fremde. Sie wissen, Herr Kurt, ich war sieben Jahre in der Fremdenlegion, zuerst Marseille, dann Schwarzafrika, Kongo …"
„Ich weiß", sage ich, „die Hölle auf Erden."
„Und ich könnt Ihnen G'schichten erzählen von den Kameraden dort", setzt der Herr Josef unbeirrt fort. „Jeder Zweite is irgendwann irgendwo verschwunden, ein paar Mille im Koffer und mit dem Traum vom neuen Glück unter Palmen. Ein paar Jahre drauf waren die Millionen weg, die Freundin weg, aber die Interpol, Herr Kurt, die schlaft ned. Also sind sie in die Legion, weil da war man zumindest fahndungsmäßig aus dem Schneider. Aber für so manchen Kameraden damals waren fünf Monate im Busch schlimmer als fünf Jahr Schmalz, das können Sie mir glauben …"

Der Herr Josef fixiert mit starrem Blick einen Punkt am Boden seines Glases. Ich glaube, er sieht Bilder aus der Savanne, die man in *Universum* nicht zu sehen kriegt.

„Okay", sage ich, um ihn aus dem wahrscheinlich blutigsten Kapitel seiner an Niederlagen so reichen Vergangenheit zurück ins *Rallye* zu holen. „Wir halten also fest: Natürlich ist der Trainer nicht verschwunden. Aber er ist weg. Und das seit drei Tagen. Wir haben vorgestern ein Konzert in Wieselburg gehabt und der Trainer war nicht da. Er is sozusagen unentschuldigt dem Dienst ferngeblieben. Was absolut nicht seine Art ist. Und deshalb mach ich mir Sorgen. Is doch logisch, oder?"

„Mhm", macht der Herr Josef. Dann macht er eine lange Pause, in der er sich die nächste Marlboro anzündet. „Nau, und Weiberg'schichten? Große Liebe? Kleiner Hund? Haben wir ja alles schon erlebt mit dem Herrn Trainer …"

„Momentan gibt's da nix, das ich wüsste."

„Des sagt gar nix."

„In letzter Zeit auf Tournee haben sich jedenfalls weder Beziehungskatastrophen noch herzzerreißende Tiergeschichten abgespielt. Und wenn er über sein Gefühlsleben gesprochen hat, dann war eigentlich immer nur von seiner neu entflammten Liebe zu seinem alten *Lenco*-Plattenspieler die Rede."

Andererseits: Der Trainer redet zwar gern und viel über die Dinge, die zurzeit sein uneingeschränktes bis fanatisches Interesse genießen, von den Frauen aber, die gerade sein Leben bestimmen, erfährt man meist erst, wenn jede Hilfe zu spät kommt. In diesen Krisenzeiten tun sich dann emotionale Abgründe auf, die die berechtigte Frage aufwerfen, ob ein dermaßen zerrütteter Mensch die Verantwortung für das künstlerische, geistige und seelische Wohl einer siebenköpfigen Rock-and-Roll-Kapelle auf seine *Dallas-Cowboys*-Mütze nehmen sollte.

„Also wenn das so is", drängt sich der Herr Josef in meine Überlegungen, „dann is dem Trainer was Unvorhergesehenes

passiert. Gesundheitlich zum Beispiel. Oder in der Familie. Oder glauben Sie, er is eventuell entführt worden?"
„Schwachsinn", sage ich.
„Sag ich auch", sagt der Herr Josef. „Aber was ich noch sagen wollt: Wenn wer weg is, Herr Kurt, dann gibt's da immer wem, der mehr darüber weiß. Die Gitti Kaltenbeck zum Beispiel, die zieht schließlich sein spanisches Hundsviech groß. Oder der blasse Doktor, – Resch oder Dresch? Der is doch ein alter Freund vom Trainer. Was weiß man, vielleicht weiß der was Konkretes?"
Ich habe Doktor Trash aus gutem Grund noch nicht angerufen. „Sieht gar nicht gut aus, Kurt", wäre das Erste, das er sagen würde. Und dann hätte er zirka zehntausend Fragen über den jüngsten Stand des von Krisen und Unbill gebeutelten Trainerlebens, die ich alle nicht beantworten könnte. Ich meine: Man kennt zwar seine Mitarbeiter. Aber was weiß man denn wirklich über sie?
Der Doc mag ja ein Genius am Computer sein, ein weit gereister Mann im Internetz und ein echter Kapazunder, wenn es um die Ergreifung von Serienkillern geht (siehe dazu auch: *Kurt Ostbahn: Blutrausch* und *Kurt Ostbahn: Platzangst*), aber er ist leider auch einer der größten Pessimisten und Verschwörungstheoretiker unter der Sonne. Ohne konkreten Hinweis meinerseits würde ich nach unserem Gespräch vor den Trümmern meines bisherigen, halbwegs überschaubaren Weltbildes stehen: Denn dann wurde der Trainer, laut Doc, im Auftrag von CNN von den Triaden nach Universal City entführt, weil ihn Talentescouts des Spirituosen- und Mediengiganten *Seagrams* für die Idealbesetzung einer *Truman-Show*-Nachfolgeserie halten; oder aber der Trainer ist ein Außerirdischer, der auf Erden ein Durchschnittsleben als durchschnittlicher Trainer einer durchschnittlich erfolgreichen Rock-and-Roll-Kombo geführt hat, war also – wie das in Spionagekreisen heißt – bisher ein „Schläfer", der nun zu höheren Aufgaben abkommandiert wurde, von der Zentrale des Bösen natürlich, die etwa

30.000 Lichtjahre von Wien-Fünfhaus entfernt die Geschicke des Universums lenkt.
Ich nehme an, Sie verstehen, warum ich Doktor Trash (noch) nicht in den Fall einschalten will, der sich möglicherweise bald als gar kein Fall im engeren Sinn entpuppt, sondern als typischer Fall von Missverständnis. Was weiß man, vielleicht hat der Trainer eine Traumreise nach Mexiko gewonnen und ich hab das in meiner Kopflosigkeit völlig vergessen.
Der Herr Josef verteilt den letzten Rest Magenbitter auf unser beider Gläser und kündigt an, dass nach dieser Runde für heute endgültig Schluss ist, weil er dringend ins Bett muss.
„Mit der eigenen G'sundheit sollt man sich nicht blöd spielen", spricht er ein wahres Wort mit schwerer Zunge, aber durchaus gelassen aus.
„Alles klar, Herr Josef", sage ich, „aber da fällt mir noch was ein."
„Was fallt Ihnen ein, Herr Kurt?"
„Dass der Trainer kein Geld hat."
„Ich kenn den Trainer, Herr Kurt", sagt der Herr Josef müde und ich registriere eine leise Ungeduld in seiner Stimme.
„Nein, nein, das mein ich nicht", sage ich. „Er hat mich letzte Woche angerufen, weil er dringend zwanzigtausend Schilling gebraucht hat. Ich hab ihn nicht gefragt, wofür. Vorgestern in Wieselburg hab ich die ganze Marie mitgehabt. Aber der Trainer war nicht da. Da war er bereits verschwunden."
„Weg", sagt der Herr Josef und räumt unsere Gläser in die Abwasch.
„Weg", sage ich. „Aber der Trainer kann nicht einfach weg sein."
„Eh ned", sagt der Herr Josef. Er zieht seinen weißen Arbeitsmantel aus, in dem er jahraus, jahrein Dienst tut, und schlüpft in einen dunkelblauen Anorak. „Eh ned, Herr Kurt. Aber, ganz ehrlich, es schaut ned gut aus."

4. DREIKREUZ, BURGENLAND

Der Leiter der Ermittlungen denkt vor der Kamera des Lokal-Fernsehens laut darüber nach, womit wir es hier zu tun haben.
Ein junger Mann ist tot. Das Mordopfer konnte anhand seiner Wagenpapiere identifiziert werden: Roman Schindler. 26 Jahre alt. Student der Sprachwissenschaften an der Universität Wien.
Eines kann der Ermittlungsbeamte jetzt schon mit Sicherheit sagen: „So etwas ist mir in meinen fünfzehn Dienstjahren noch nicht untergekommen."
Der Täter hat sein Opfer in dem Wäldchen nahe der Ortschaft Dreikreuz an einen Baum gefesselt. Mit einem Stromkabel, weiß. Er hat ihm die Augen verbunden. Mit einem Wollschal, schwarz. Er hat Roman S. geknebelt. Mit einer Damenstrumpfhose, beige. Und dann hat er ihn mit drei Schüssen aus einer Handfeuerwaffe hingerichtet.
Die erste Kugel zerschmetterte das rechte Knie, die zweite zerfetzte die Geschlechtsteile, und die tödliche dritte Kugel drang durch die linke Schläfe in das Gehirn des Opfers.
Viel Schmerz. Viel Blut. Zuerst der Fangschuss, dann die Kastration und nach langem Leiden die Erlösung.
Kopfschuss.

Die drei Kugeln erzählen eine Geschichte. Sind ein Zeichen. Nicht blinde Wut oder dumpfer Hass waren der Motor, sondern eiskaltes Kalkül. Das war Maßarbeit. Das war das Werk eines professionellen Racheengels.
Der TV-Kommentator stellt sich die Frage, ob der Student eventuell Kontakte zum organisierten Verbrechen unterhalten hat, zu Drogenschmugglern aus den ehemaligen Sowjet-Republiken, zu Mädchen- oder Waffenhändlern, Autoschiebern oder Schlepperbanden. Denn Dreikreuz liegt nur wenige Kilometer vor der ungarischen Grenze.
Nach der langen Nacht im *Rallye* liege ich aufgebahrt auf der Bettbank vorm Fernseher und stelle mir die Frage, warum ich absolut sicher bin, dass das in Dreikreuz ganz anders gelaufen ist. Ich kenne die Geschichte.
Aber ich weiß nicht, woher und weshalb ich sie kennen sollte.

5. RIO SABINAS, MEXICO

Ich könnte mir ansehen, wie die Sonne untergeht. Sie macht das hier sicherlich eindrucksvoller als daheim. Aber ich behalte lieber die Entwicklungen in meinem Rückspiegel im Auge. Seit gut einer Stunde ist am Horizont eine Staubfahne zu sehen, die langsam immer näher kommt. Irgendwer folgt mir und/oder hat dasselbe Problem wie ich. Er will nach Tres Cruces, hat die gleiche beschissene Straßenkarte und ist daher einzig und allein auf seinen Instinkt angewiesen.
Ich bin ein Killer, aber kein Pfadfinder. Und ich bin ein Kind der Großstadt. In diesem menschen- und vegetationsfeindlichen Ödland kann ich mich an hohen, sehr hohen und haushohen Kakteen orientieren. Viel mehr hat die Gegend an Flora nicht zu bieten. Aber nach einem halben Tag am Steuer sehen nicht nur alle Kakteen gleich aus, sondern auch sämtliche Holperpfade und Sandpisten, die von der befestigten, aber nur streckenweise asphaltierten Straße ab ins Hinterland führen.
Seit ein paar Minuten sehe ich unter der Staubfahne zwei schwarze Punkte im Rückspiegel, die jetzt, auf einer kilometerlangen Geraden, zu Motorrädern werden, die nebeneinanderher fahren, sich in kleinen Überholmanövern duellieren und dann zu mir aufschließen.

„Okay“, sage ich. „Wir kriegen Besuch.“
Es sind zwei schwere Maschinen mit lederbewamsten Bikern im Sattel, für die Auflagen wie Helmpflicht eindeutig kein Thema sind. Die Burschen fahren eine Zeit lang neben mir her, dann winkt mich der Grauhaarige mit dem roten *bandana* an den Straßenrand. Sein junger mexikanischer Partner, der sein hüftlanges Haar zu einem dicken Zopf geflochten hat, steigt als Erster von seiner Maschine, hält aber Abstand zu meinem Wagen.
Es gibt Besuch, über den freut man sich. Diese zwei gehören eindeutig nicht dazu. Das Einzige an den beiden, das mehr als hundert Dollar wert ist, sind ihre aufgemotzten Maschinen.
„Tag, Mister“, sagt der Grauhaarige mit dem roten Stirnband. Es gibt Männer, die wollen ganz einfach nicht erwachsen werden. Er ist genau der Typ. Weit über vierzig, den Kopf voller Koks, weil das Tempo sonst nicht mehr stimmt, und immer noch unterwegs auf der Suche nach den Mördern von Peter Fonda und Dennis Hopper.
„Hi. Ich bin John. John Smith. Verdammt heiß heute“, sage ich.
„Ahja? Wo soll’s denn hingehen, Mister?“
„Und selbst?“, frage ich zurück, um die Konversation ein bisschen in Gang zu bringen. „Monterey? Woodstock? Altamont? Dann müsst ihr euch aber beeilen. Ihr seid ziemlich spät dran.“
„*¡No entiendo nada!*“, beschwert sich die mexikanische Hälfte meines Tex-Mex-Duos.
„Der Gringo hat gesagt, dass er ein reaktionäres, rassistisches Arschloch aus dem Norden ist, das uns wahnsinnig gern umnieten würde, damit er sich noch zwei Kerben in seinen Colt schnitzen kann und sich dabei einen runterholen. Stimmt doch, Mister? Oder hab ich mich verhört?“
„Ganz und gar nicht, *amigo*“, sage ich. „Genau das hab ich gesagt.“
Es kommt nicht wirklich überraschend, dass die beiden Helden jetzt ihre Waffen ziehen und auf mich richten.

„Das Arschloch hat nur leider ein Problem“, erklärt der Graue seinem Junior-Partner und fuchtelt dabei mit dem Revolver vor meinem Gesicht herum. Er weiß nicht, dass ich Drohgebärden dieser Art absolut nicht ausstehen kann. Aber ich lasse ihm Zeit. Er will sich gern noch einmal reden hören.
„Weißt du, was sein Problem ist, Jorge? Nein? Ich werd's dir sagen. Er würde uns für sein Leben gern abknallen und dann auf unsere Gräber pinkeln. Und weißt du, warum? Weil er ein zynisches, verschissenes, weißes Arschloch ist. Und weil man davon allein nicht leben kann, ist er von Beruf Vertreter. Er fährt durchs Land und verkauft euch den Schrott, den oben im Norden, über der Grenze, niemand haben will. Unser Vertreter packt den ganzen Scheißdreck in seine Koffer, fährt damit nach Mexiko und verdient sich einen goldenen Schwanz, indem er euch amerikanischen Scheißdreck verkauft, der in Wahrheit aus Korea kommt. Kennst du Korea, Jorge? Das Arschloch kennt Korea auch nicht. Aber es hat mindestens einen *Samsonite* im Kofferraum und in dem hat es seine Knarre versteckt. Das machen Vertreter immer so. Sie verstecken ihre Knarre im Koffer. Schau nach, Jorge, aber ein bisschen plötzlich!“
„Imperialistenschwein“, sagt die mexikanische Hälfte des Biker-Paares und trabt dann, wie geheißen, von seinem Motorrad zum Kofferraum meines Chevrolets.
„Mit deiner Einschätzung des wirtschaftlichen Verhältnisses der USA zu ihrem südlichen Nachbarn liegst du goldrichtig“, sage ich zum grauen Biker, dem das Kokain und die Strapaze seiner Brandrede die Augäpfel aus den Höhlen getrieben haben. „Was meinen Job angeht, liegst du allerdings falsch. Sorry.“
Meine erste Kugel zertrümmert seine linke Kniescheibe. Die zweite trifft ihn zwischen den Beinen und die dritte Kugel macht knapp über der Nasenwurzel ein schwarzes Loch in sein rotes Stirnband.
Im Rückspiegel sehe ich, wie Jorge schlagartig das Interesse

am Kofferraum meines Chevy verliert und ganz ohne Plan das Feuer eröffnet. Er schießt Löcher in den Sand, die Scheiben meines Wagens und den flammend roten Abendhimmel. Als er zu seiner Maschine rennt und sich in den Sattel schwingen will, habe ich die Qual der Wahl. Ich entscheide mich kurzfristig für einen Kopfschuss durch die rechte Schläfe. Jorge kippt nach vorn und er ist bereits tot, als er über dem Tank seines Motorrads zu liegen kommt.
Auf dem reich verzierten Rücken seiner Lederjacke steht in Lettern aus Nieten geschrieben, was mit meinem Auftrag unmittelbar im Zusammenhang steht: *Junkyard Angels*.
Der Graue und sein *compadre* sind also nicht nur an ihrer eigenen Blödheit gestorben.
Als ich die beiden Leichen und ihre Zweiräder im Sand neben der Straße verscharre, geht mir nicht und nicht aus dem Kopf, dass ich meine beiden Engel noch zu Lebzeiten nach dem Weg nach Tres Cruces hätte fragen sollen.
Jetzt ist es zu spät.

6. TRES CRUCES, MEXICO

Der Morgen trifft mich früh und mit voller Wucht. Zuerst kräht im Hof hinterm Haus der Hahn und gibt damit den Startschuss für ein knurrendes, kreischendes und kläffendes Gemetzel, an dem mindestens drei Hunde und ein halbes Dutzend Katzen beteiligt sind. Ziemlich gleichzeitig geht unten in der Küche das Klappern der Töpfe und Pfannen los und Oma ruft mit durchdringender Kommandostimme sämtliche Heiligen an, allen voran die Jungfrau von Guadeloupe.

Den Grund ihres heiligen Zorns und ihrer Verzweiflung erfahre ich später beim Frühstück: Eines der Kinder hat sich in der Nacht heimlich über ihre makabren Backwaren hergemacht und die Keksdose danach nicht wieder fest verschlossen. Die frohe Kunde über diese kleine Unachtsamkeit hat sich in Tres Cruces' Küchenschaben-Gemeinde wie ein Lauffeuer verbreitet und *la cucaracha,* die hierorts mühelos die Länge und Dicke meines Daumens erreicht, feierte daraufhin bei Omas süßen Särgen und kandierten Totenschädeln ein vorverlegtes Totenfest.

Als ich ziemlich gerädert die Hühnerleiter in den Hof hinuntersteige, sitzen Emilios Kinder mit Freunden aus der Nachbarschaft unter dem Sonnendach und beschäftigen sich auffallend still mit dem Ausschneiden und Bemalen der Gebeine von *muertito* dem Zweiten.

„*Buenas días, Señor* Smith“, begrüßt mich Lupita.

„*Buenas días,* Lupita“, sage ich, und ein stechender Schmerz in der Magengegend erinnert mich daran, dass es spätestens nach dem Frühstück höchste Zeit wäre, vor Emilio die Karten auf den Tisch zu legen. Es gilt das eventuell folgenschwere Missverständnis aufzuklären, wonach ich ein verrückter John Smith aus den USA sei, der Autogrammkarten von Robert Mitchum verteilt und gegen Honorar Menschen umbringt.

„*¡El loco!*“, begrüßt mich Emilio überschwänglich. „*¡¿Buenas días! ¡¿Como estás?!*“ Er ruft, ohne mich nach meinen frühmorgendlichen Bedürfnissen gefragt zu haben, eine endlos lange Bestellung in die Küche und hat, kaum dass ich mich an einen seiner fünf Tische gesetzt habe, gleich die erste gute Nachricht des Tages parat.

„Mein Schwager Ernesto hat heute früh den Chevrolet gefunden und ihn in seine Werkstatt abgeschleppt“, berichtet er. „Ernesto glaubt, dass er den Wagen wieder hinkriegt. Es wird vielleicht ein paar Tage dauern, weil er hat im Moment viel zu tun, *Día de los Muertos* und so, aber wenn Ernesto sagt, dass er einen Wagen reparieren kann, dann schafft er das auch. In dieser Beziehung kann man sich voll auf ihn verlassen!“

„Super“, sage ich und muss an den Autofriedhof neben Ernestos Haustür denken. Aber es wäre der denkbar ungünstigste Augenblick, jetzt und in meiner Situation Zweifel an der Kompetenz von Emilios Schwager anzumelden.

„Folgendes, Emilio“, sage ich stattdessen. „Ich hab da ein Problem …“

„Ich weiß“, unterbricht mich mein Wirt und wischt es mit einer großen Geste vom Tisch und aus der Welt. „Aber es gibt kein Problem! Nicht mehr! Señora Regina hat viele gute Autos. Und sie wird dir für die nächsten Tage selbstverständlich eines ihrer Autos leihen. Der Duke wird gleich hier sein,

um dich abzuholen. Die Señora erwartet dich. Ich schätze, es gibt viel zu besprechen."
„Welcher Duke?", frage ich matt.
„Señor Tucker. Er arbeitet für die Señora und alle nennen ihn den Duke."
„Verstehe", sage ich, obwohl das eindeutig nicht der Fall ist. „Und diese Señora Regina? Ich meine, was ist sie für eine Frau?"
Emilio lässt sich viel Zeit mit der Antwort. Sein Blick schweift über die Kollektion ans Kreuz genagelter und stark blutender Söhne des Herrn, die alle vier Wände seiner *cantina* schmückt.
„Es ist gut für Tres Cruces, dass es Señora Regina gibt", sagt er dann, jedes Wort vorsichtig abwägend. „Persönlich kenne ich sie kaum. Aber Ignazio, mein jüngster Bruder, arbeitet bei ihr in der Küche. Er sagt, Señora Regina ist eine harte Frau. Kein Mann würde mit ihr glücklich werden."
„Alles klar", sage ich, obwohl auch das nicht der Fall ist.
Dann kommt Juanita mit dem Frühstück, das ihr Mann für mich bestellt hat und das eine gesamte Fußballmannschaft mitsamt Trainer satt machen würde.
Apropos: Nach dem Verbleib eines Gringos ohne Namen, der in seiner fernen Heimat nur „Der Trainer" genannt wird und den man zurzeit hier in der Gegend vermutet, an der Seite einer bildschönen, jungen Frau namens Linda, erkundige ich mich vor dem Frühstück lieber noch nicht.
Obwohl mich das eindeutig mehr angeht als Frau Regina, der Duke oder *el loco*, vulgo John Smith.

7. WIEN-NEUBAU

„Ob ich *was* gesehen habe? *Burgenland heute?!* Was ist das?!“
Der Doc steht schwer unter Stress, und da kann er sich natürlich nicht so auf mein Anliegen konzentrieren, wie ich das gerne hätte. Er muss heute noch per E-mail ein Treatment nach Hamburg schicken, an dem seine finanzielle Zukunft hängt. Mit dem Auftrag für ein zwölfteiliges Fernsehwerk über den kontinentaleuropäischen Serienkiller im Wandel der Zeiten wäre er auf Jahre hinaus saniert. Sein Problem liegt darin, dass der Serienkiller unserer Breiten zwar ebenso schnetzelt und mordet wie sein britischer oder amerikanischer Kollege, aber danach ganz einfach nicht die PR-Maschinerie im Rücken hat, die Leute wie Jeffrey Dahmer oder Ted Bundy zum Medienstar gemacht hat.
„Da will ich mich nicht einmischen, da kenn ich mich nicht aus und da will ich auch nicht länger stören“, sage ich und wende mich zum Gehen.
Nur wenige Meter von Doktor Trashs Datenheim entfernt, nämlich in der Zieglergasse, befindet sich ein Lokal namens *Europa*, in dem ich in meiner späten Jugend so manche Nacht zum Tag gemacht habe und wo man sicherlich auch heute noch auf aufgeschlossene junge Menschen trifft, die einen mit seinen Problemen nicht allein lassen.
Ich bin schon im Vorzimmer, als der Doc offenbar die Dring-

lichkeit meines unangekündigten Besuchs erkennt, mir nun seine blasse Hand auf die Schulter legt und sich bereit erklärt, bei einem Kaffee in der Küche die Ohren zu spitzen.

Die Fakten sind rasch erzählt: Der Trainer ist weg, und zwar seit mindestens Samstag. Niemand, der ihn kennt, weiß wohin. In *Burgenland heute* lief gestern ein Bericht über einen Mord in Dreikreuz, einem Dorf an der ungarischen Grenze. Das Opfer ist ein Student aus Wien. Roman Schindler. Er wurde an einen Baum gefesselt und mit drei Schüssen hingerichtet. Knie, Schwanz, Kopf. In dieser Reihenfolge.

„Interessant“, sagt der Doc. „Weist eindeutig auf zweierlei hin: nämlich dass der Täter entweder einem alten Ritual gefolgt ist oder aber dass er ein modernes Zeichen der Warnung setzten wollte. Was jedoch, mein lieber Kurt, in beiden Fällen absolut nichts mit dem Verschwinden des Trainers zu tun hat. Insofern kann ich dir also nicht folgen.“

„Ich mir auch nicht“, gebe ich unumwunden zu. „Aber ich hab einfach das Gefühl, dass dieser Mord mit dem Verschwinden des Trainers zusammenhängt. Ich hab den Bericht im Fernsehen gesehen und sofort gewusst, dass ich die ganze Geschichte kenne, und zwar so gut, als wäre ich live mit dabei gewesen. Und der Trainer spielt darin eine wichtige Rolle.“

Der Doc hat seiner utopischen Mokkamaschine inzwischen zwei Espressos, schwarz und ohne Zucker, abgerungen, setzt sich damit zu mir an den Küchentisch und legt die blasse Stirn in Falten.

„Was weißt du eigentlich über Linda?“, sagt er endlich.

„Linda? Welche Linda? Nie gehört.“

„Der Trainer hat nie über sie gesprochen?“

„Kein einziges Mal“, sage ich, „außer es handelt sich um Linda Ronstadt oder Linda Fiorentino. Diese beiden Lindas haben ihn zu verschiedenen Zeiten massiv beeindruckt. Das singende Herzchen auf Rädern, wie er die Frau Ronstadt seinerzeit immer genannt hat, und die Femme fatale aus *Die letzte Verführung*, der er immer gern für eine Nacht verfallen wäre."

„Und nie eine Linda, die man nicht aus Film, Funk und Fernsehen kennt?"

„Niemals, Doc."

Ich weiß nicht, was der Doktor eigentlich von mir wissen will. Der Trainer schwärmt von vielen Frauen und gelegentlich versteigt er sich auch zu Superlativen. Dann strahlen sie wie Filmstars, sind zarter als ein Reh oder besser im Hochrechnen als Bill Gates. Und ganz besonders anstrengend wird es, wenn sie diese drei Eigenschaften auf sich vereinen.

„Also mit mir hat er in den letzten Wochen am Telefon immer nur über eine Linda gesprochen", sagt Doktor Trash. „Und einmal, aber da hatte er wohl schon über den Durst getrunken, hat er steif und fest behauptet, der einzige Mensch auf Erden zu sein, der besagte Linda vor dem Untergang bewahren könne. Was immer das auch heißen mag. Ich kenn den Trainer und weiß, was man ihm zumuten kann. Zum Lebensretter ist er sicherlich nicht geboren."

„Und warum hat er in der Kombo nie ein Wort über eine Linda gesagt?"

„Keine Ahnung, Kurt. Frag nicht mich, frag dich selbst!"

„Vielleicht gibt es diese komische Linda gar nicht und der Trainer hat sie nur erfunden. So, wie er mich erfunden hat, den Havlicek und die gesamte Karasek-Familie!"

„Moment!", widerspricht der Doc. „Ich kenne King Karasek und ich kenne seinen Sohn, den Poldi, noch aus meiner Kinderzeit in der Stockerauer Au. Und ich kenne auch den Karli, der zwar heute Ritter heißt, aber trotzdem ein echter Karasek ist. Also komm mir, bitte, nicht so!"

„Okay, Doc", sage ich. „Aber eine Linda kennen wir beide nicht. Richtig?"

„Richtig", sagt der Doc. „Und deshalb sollten wir der Meidlinger Mansarde des Trainers einen Besuch abstatten."

8. TRES CRUCES, MEXICO

„Ich bin der Duke“, sagt der Zweimeter-Prügel mit knarrender Stimme und streckt mir seine Hand hin, an der mir neben ihrer Größe vor allem die vielen Altersflecken auffallen. Er trägt einen beigen Stetson, Modell „Lone Star“, und eine verspiegelte Sonnenbrille. Was von seinem Gesicht zu sehen ist, hat scharfe Ecken und Kanten und ist von Wind und Wetter gegerbt. „Mister Smith?“

Ich lege Messer und Gabel weg, drücke dem Duke die Hand und sage gar nichts, weil man mit vollem Mund nicht spricht.

„Wird Señor Smith am Abend wiederkommen?“, erkundigt sich Emilio, der dem alten Haudegen knapp bis zur blütenweißen Hemdbrust mit den roten Lasso-Stickereien reicht. Seit der Duke seine *cantina* betreten hat, ist der Wirt geradezu unterwürfig um ihn bemüht. „Ich frage nur deshalb, Señor Duke, weil Juanita für Señor Smith extra kochen muss. Ihm bekommt das Pikante nicht.“

„Ich weiß nicht, ob er wiederkommt, Emilio“, meint der Duke und bewegt dabei kaum die Lippen. „Wenn er was von seinem Job versteht, wird er abends wieder hier sein. Wenn er ein Amateur ist, wie dieses Großmaul aus New York, braucht er kein Abendessen mehr. Dann fressen ihn die Geier.“

Der Duke lacht schallend, Emilio stimmt mit ein und nachdem ich mir den Mund abgewischt habe, lache auch ich. Spaß muss sein.
„Das Frühstück war wirklich hervorragend“, sage ich dann zu Emilio. „Mein Kompliment an die Küche.“
Emilio dankt für so viel Lob und will uns ohne ein Glas Tequila nicht ziehen lassen.
Ich hab eigentlich nicht vor, mit dem Duke einen Ausflug ins Ungewisse zu machen. Ich will mich nach den mindestens vier Rühreiern mit Zwiebeln, Tomaten und überraschend milden Chilis sowie Tortillas und schwarzem Bohnenpüree irgendwo in den Schatten legen, vielleicht mit einem guten Buch oder dem Sportteil des *Standard*, eine Platte von Willie Nelson, Asleep At The Wheel oder Travis Tritt hören und dabei wegdösen. Wenn ich wieder aufwache, will ich nicht in Tres Cruces sein, oder von mir aus in Tres Cruces, aber ohne die Sorgen, die ich mir jetzt um meine Gesundheit und um mein Leben mache.
Der Duke macht mir nur leider nicht den Eindruck, als hätte er dafür viel Verständnis.
„Wie sieht's aus?“, erkundigt er sich, nachdem wir an Emilios Bar den Frühstücks-Tequila gekippt haben. „Mrs. Grimes wartet nicht gern. Also können wir dann losfahren?“
„Unbedingt“, sage ich.
Vor Emilios Haus steht eine schwarze Limousine mit getönten Scheiben in der grellen Vormittagssonne. Der Schlitten versprüht den kühlen Charme eines Leichenwagens.
„Wollen Sie ans Steuer?“, fragt der Duke und hält mir die Schlüssel hin.
„Wo soll's denn hingehen?“
„Ins Paradies.“
„Besser nicht“, winke ich ab. „Am Weg dorthin hab ich bisher immer nur die falsche Abfahrt erwischt.“
Als wir Tres Cruces in Richtung Süden verlassen, vorbei an der Kirche und dem Friedhof, auf dem die Gräber für den *Día de los Muertos* farbenfroh geschmückt werden,

wirft der Duke den CD-Player an. Travis Tritt singt *T-R-O-U-B-L-E.*
„Mögen Sie Country?“, stellt mir der Duke die Frage, die für mein weiteres Schicksal entscheidend sein wird.
„Klar mag ich Country.“
„Hank?“
„Klar mag ich Hank.“
„Hank war der Größte“, sagt der Duke.
„Ich hab seine Biografie gelesen“, sage ich. „Hank Williams war ein Genie, aber er war auch ein einsamer, todtrauriger und verzweifelter Mann, der mit nichts in seinem kurzen Leben klargekommen ist, außer mit seiner Musik.“
„Hank war der Größte“, sagt der Duke, als hätte er mich nicht gehört.
Dann schweigt er. Und ich schau hinaus in die Wüste, von der mein Reiseführer behauptet, sie sei bloß eine Halbwüste. Wenn man von dem graubraunen Buschwerk absieht, das (wie bei uns über der Baumgrenze die Latschen) in Bodennähe dahinvegetiert, bringt das steinige Erdreich da draußen seit Jahrmillionen nichts anderes hervor als Abertonnen von Schleifsand und gelegentlich einen Kaktus. Auf den Steinen nimmt die Klapperschlange ein Sonnenbad, zwischen den Steinen wohnen der genügsame Skorpion und seine tödliche Freundin, die Schwarze Witwe, und ab und zu schaut ein Kojote auf der Suche nach totem, von der Sonne gut durchgeröstetem Touristenfleisch vorbei. Also wenn das nicht die Wüste ist, dann weiß ich nicht.
„Woher kommst du, John?“, will der Duke nach langer schweigender Fahrt plötzlich und per Du von mir wissen. Hank Williams hat mir offenbar eine Rutsche zu seinem knorrigen Herzen gelegt.
„Aus’m Osten. Warum?“
„Und dort hört man Country?“
„Nicht so viel wie hier in der Gegend, schätze ich. Aber ich hör daheim gerne Country. Willie, Waylon, Emmylou Harris, Kris Kristofferson …“

„Er ist Kommunist", weiß der Duke.
„Wer? Willie?"
„Kris Kristofferson. Hat sich jahrelang für die *Sandinistas* in Nicaragua stark gemacht. Er ist ein Linker und er ist auch nicht wirklich Country."
„Verstehe", sage ich und wechsle vorsichtshalber rasch das Thema. „Und du kommst aus dem Süden. Texas? New Mexico?"
„Aus der Gegend von Tucson, Arizona. Ein echtes Wüstenkind, wenn du weißt, was ich meine. Ich heiße Dwight. Dwight Tucker. Aber ich bin immer schon der Duke."
„Wie das?"
„Weil ich mit Pferden umgehen kann. Hab ich daheim auf der Ranch gelernt. Ich weiß mehr über Pferde als über sonst was auf der Welt."
„Außer Country", sage ich.
„Außer Country", sagt der Duke und lacht. „Haargenau."

9. WIEN-MEIDLING

Die tropische Grünpflanze neben der Wohnungstür im Dachgeschoss des Gemeindebaus schaut zum Erbarmen unterkühlt und durstig aus.

In ihrem scheußlichen Plastikübertopf hat der Trainer die Reserveschlüssel zu seiner Mansarde deponiert.

Nachdem er sich während der Frühjahrstournee ein halbes Dutzend Mal selbst ausgesperrt und der Schlüsseldienst die Hälfte seiner Abendgage verschlungen hatte oder er die Nacht um sündteures Geld im nahen *Ramada*-Hotel verbringen musste, hat er endlich gelernt, seine Kopflosigkeit zu akzeptieren, und das Versteck im Blumentopf eingerichtet.

Der Ersatzschlüssel verschafft dem Doc und mir Zutritt zu des Trainers Reich, das für Besucher im Normalfall nicht zugänglich ist. Ich kann mich nicht erinnern, jemals bei ihm zu Gast gewesen zu sein. Und auch der Doc kennt das Zwei-Zimmer-Domizil hoch über den Dächern von Meidling nur aus Erzählungen.

Der Grund liegt auf der Hand: In der Mansarde herrscht eine Sauwirtschaft erster Ordnung.

Im Vorzimmer brennt Licht.

„Trainer?!", frage ich mit lauter, fester Stimme, nachdem wir die Wohnungstür hinter uns geschlossen haben. Der Doc und ich stehen staunend in einem Chaos aus Schuhwerk, gestapelten Zeitungen und Magazinen, zur Rückgabe vorbereite-

ten Pfandflaschen und schwarzen Plastiksäcken voller Sondermüll.
„Trainer?! Wir sind's, der Doc und ich! Kommen wir eh nicht ungelegen?"
Keine Antwort.
Auch sonst kein Trainer.
Ein Blick ins Schlafzimmer: das ungemachte Bett, T. C. Boyles *Welcome to Wellville,* die köstliche Geschichte über Doktor Kellogg, den Erfinder der Frühstücksflocken, neben der Nachttischlampe. Die Tür des Kleiderschranks steht weit offen und bestätigt den ersten Eindruck. Hemden und Hosen, Jacken und Wäsche quellen aus den Fächern, und was im Kasten keinen Platz mehr findet, das türmt sich davor auf dem beigen Spannteppich.
„Unglaublich", murmelt der Doc, den an sich so rasch nix erschüttern kann, und schüttelt den Kopf. „Los, weiter!"
Aber auch in Küche und Bad weist nichts auf ein zumindest halbwegs organisiertes Mitglied unserer Gesellschaft hin.
Dann betreten wir das Wohnzimmer und somit das Epizentrum des Grauens.
In dem mit Tonträgern, Büchern und Videokassetten vollgestopften Raum steht in grauen Schwaden der kalte Rauch. Zahllose Bierdosen, Kaffeetassen und randvolle Aschenbecher auf dem Fußboden, dem Schreibtisch und in den Regalen könnten als Hinweis darauf gedeutet werden, dass der Trainer verzweifelte Versuche unternommen hat, zwischen den Packen loser Blätter, Bergen von Mappen und Ordnern, unbeschrifteten Disketten und einer unüberschaubaren Sammlung kleiner, mit winzigen Schriftzeichen vollgekritzelter Zettel seiner Arbeit nachzugehen.
„Also hier waren entweder Vandalen am Werk", meint der Doc, „oder aber unser Freund hat ein massives psychisches Problem, das er vor uns bisher verbergen konnte. Wir sollten systematisch vorgehen, Kurt. Ich schlage vor, zuerst einmal ordentlich durchzulüften."
„Super Idee", sag ich und bahne mir den Weg zum Fenster.

Der Doc inspiziert inzwischen die Heimelektronik des traurigen Single-Haushalts. Musikanlage (inklusive des antiken *Lenco*-Plattenspielers), kombiniertes Telefon- und Faxgerät, PC, Großbildfernseher und Videorecorder.

„Sieht ganz danach aus, als hätte er die Wohnung ziemlich Hals über Kopf verlassen“, kommt der Doc zu einem ersten Urteil.

„Kann ich verstehen“, sage ich und tanke am offenen Fenster, von dem aus man an klaren Tagen eine Fernsicht bis zu den grünen Hängen des Wienerwaldes hätte, zuerst einmal eine ordentliche Dosis Frischluft. Denn irgendwie lähmt die Tristesse der Trainer-Bleibe den ansonsten zügigen Fluss meiner Gedanken.

„Sowohl die Stereoanlage als auch das Videogerät wurden nicht ausgeschaltet“, sagt der Doc und holt jene CD aus dem Player, die der Trainer vor seinem übereilten Abgang gehört haben mag. „Joe Ely. *Letter to Laredo*. Was sagt uns das, Kurt?“

„Joe Ely? Typische Trainer-Musik, würd ich sagen. Texanischer Countryrock. Liegt nicht so ganz auf deiner Linie, Doc.“

Doktor Trash hat einen höchst eigenwilligen Musikgeschmack. Wenn er seinem blutigen Handwerk nachgeht, lässt er sich am liebsten von Burt Bacharach oder den Ray-Conniff-Singers beschallen, in seinen kurzen Ruhephasen sorgen Nico, John Cale oder Joy Division dafür, dass in der Datenzentrale in der Kirchengasse nicht zu viel Fröhlichkeit aufkommt.

„Alles klar“, meint der Doc und schiebt Joe Ely zurück in die Musikmaschine. „Das übliche Fernweh-Programm für den sentimentalen Biertrinker.“

„Quasi“, sage ich, obwohl mir sein abschätziger Ton gar nicht gefällt.

Die Videokassette, die er nun aus dem Recorder holt, trifft eindeutig mehr seinen Geschmack: *Bring mir den Kopf von Alfredo Garcia.* Sam Peckinpah. 1974: „Grandiose Blutoper mit dem wunderbaren Warren Oates als versoffenem Barpianisten in Mexiko, der für zehntausend Dollar auch nicht davor zurückschreckt, eine noch ziemlich frische Leiche auszugraben, ihr den Kopf abzuhacken, und dann mit seiner Trophäe, die sich bereits im Zustand fortgeschrittener Verwesung befindet, mordend und delirierend durch die Wüste fährt, um das Kopfgeld zu kassieren."

„Grauslich", sage ich. „Hast *du* dem Trainer den Film ans Herz gelegt?"

„Das war nicht nötig", meint der Doc mit einem bedeutungsvollen Blick auf die Videosammlung in den Regalen neben dem Fenster.

Ich bin diesbezüglich nicht vom Fach, aber es ist auch für den Laien nicht zu übersehen, dass das Spielfilmangebot des Trainers von Mord und Totschlag beherrscht wird. Italo-Western, Bruce-Willis-Gemetzel, Mafia-Massaker mit Al Pacino und Robert DeNiro, die gesammelten Einsätze von Dirty Harry sowie alles, was ich mir nie freiwillig über Serienkiller ansehen würde, vom *Schweigen der Lämmer* bis *Sieben*.

„Und was hat das da in dem Blutbad verloren?", frage ich mich laut. *„Frühstück bei Tiffany, Sabrina, My Fair Lady*?"

„Eine fürwahr erstaunlich umfangreiche Kollektion von Audrey-Hepburn-Filmen", meint der Doc. „Was meine alte These bestätigt, dass ein komplizierter und tendenziell düsterer Charakter wie der Trainer durchaus auch einen Sinn für weibliche Anmut und natürlichen Liebreiz haben kann."

„Erstaunlich", sage ich. „Aber bringt uns das weiter?"

„Geduld", sagt der Doc. „Wir haben gesehen, womit der Trainer vor seinem Verschwinden seine Freizeit verbracht hat. Lobenswerterweise mit der Lektüre von T. C. Boyle und einem Meisterwerk von Sam Peckinpah sowie den larmoyanten Gesängen irgendeines texanischen Cowboys. Wir wissen außerdem, dass er hier wie ein Barbar in seiner Höhle zu hausen pflegt. Was wir allerdings noch nicht wissen, ist, wo-

ran er gerade gearbeitet hat und was ihn dazu veranlasste, seine Höhle geradezu fluchtartig zu verlassen."
„Richtig", sage ich und will mich auf das Sofa vorm Fernseher setzen.
„Halt!", herrscht mich der Doktor an. „Du kannst dich doch da nicht einfach so hinsetzen! Da liegen überall Schriftstücke, die möglicherweise wichtige Hinweise enthalten!"
„Okay, Doc", sage ich und stell mich wieder ans Fenster. „Aber in der Zettel-Wirtschaft bin ich überall im Weg, außer hier am Fensterplatz, und der ist auf die Dauer ziemlich ungemütlich. Also was soll ich machen, wenn ich mir keine Nierenbecken- oder Lungenentzündung holen will?"
„Bleib, wo du bist, mach das Fenster wieder zu und dann gehen wir die jüngsten Aufzeichnungen des Trainers systematisch durch."
„Systematisch?", sage ich. „Großartig."
Zirka drei Stunden später sind die oberste Schicht sowie die Botschaften auf dem Anrufbeantworter gesichtet und in Docs kleinem schwarzen Computer-Notizbuch erfasst, katalogisiert, alphabetisch und nach Stichworten geordnet und was sein denkender Taschenkalender halt sonst noch so alles mit den Dingen tut, die man ihm anvertraut.
Die Ausbeute ist mager, würde ich sagen.
Der Doc sieht das anders.
„Zusammenfassend kann man festhalten", doziert er und blättert dabei offensichtlich in seinem digitalen Kleinhirn, „dass der Trainer mit der Materialiensammlung für eine Tiergeschichte beschäftigt war, – Arbeitstitel: *Das stumme Reh*. Außerdem hat er per Fax mit der Gebäudeverwaltung korrespondiert, – Thema: *Überhöhte Betriebskosten*. Des Weiteren finden sich zahlreiche handschriftliche Aufzeichnungen, die ich nach wie vor für kodierte Botschaften halte, die du, werter Kurt, jedoch als so genannte *setlists*, also Konzertabläufe, für einen so genannten *Krampusrummel* von Kurt Ostbahn und seiner Kombo in einem Schutzhaus *Zur Zukunft* identifiziert hast ..."

„Das sind, Herrschaftsseiten noch einmal, stinknormale Abläufe!“, muss ich den Doc an dieser Stelle ganz einfach unterbrechen, weil er mir offenbar auch nach unserer mindestens halbstündigen Debatte immer noch nicht glauben will, dass es sich bei der Wortgruppe *Schoin-Rende-Woa* um keine vertrauliche Nachricht des Trainers an seine Landsleute aus den unergründlichen Weiten der Galaxis, sondern schlicht um die bandintern gebräuchlichen Abkürzungen für drei Songs, nämlich *Neiche Schoin, Rendezvous* und *Wirklich woa,* handelt.

Der Doc glaubt mir zwar immer noch nicht, das sieht man ihm an, aber er reitet wenigstens nicht länger auf dem Thema herum.

„Außerdem weisen diverse Schriftstücke darauf hin, dass der Trainer vorhat, sein Abonnement des britischen Fetisch-Magazins *Skin Two* für ein weiteres Kalenderjahr zu verlängern und dass die Lieferung eines deutschen CD-Versandhauses, bei dem der Trainer für über fünfhundert Mark Blues- und Countrymusik uns nicht einmal namentlich bekannter Interpreten bestellt hat, nicht zu seiner Zufriedenheit ausgefallen ist. Kann man wenigstens diese beiden Ergebnisse so festhalten, Kurt?“

„Logisch“, sage ich, weil dem auch so ist.

„Schlussendlich“, setzt der Doc nach einem gnädigen Kopfnicken seine Bestandsaufnahme fort, „schlussendlich finden wir neben dem Telefon handschriftliche, und daher nur zu einem kleinen Teil lesbare Notizen. Es handelt sich hiebei vermutlich um Gesprächsprotokolle mit den Kombo-Musikern Professor Gugg, Karl Ritter und Ricky Gold. Auch hier wieder zahlreiche rätselhafte Chiffren oder Codes. Etwa: die *Frühaufsteher,* die *Kombinesch von da Loren* oder *Bethlehem All Stars*. Eine detaillierte Auswertung werde ich dir aber erst morgen vorlegen können, Kurt!“

„Ich bitte darum“, sage ich.

Das *Gasthaus Quell,* und damit die Chance auf ein kleines Gulasch vom Feinsten und ein ebensolches großes Bier, ist

auch von der Meidlinger Mansarde nur einen Katzensprung entfernt. Ich sag das dem Doc, stoße aber auf taube Ohren. Er will den Tatort erst verlassen, wenn alle Hinweise erfasst, katalogisiert und so weiter sind.
„Wir sind beim Trainer in der Wohnung, Doc!“, sage ich, schon etwas unwirsch. „Da schaut's zwar aus wie bei den Räubern, aber *Tatort* ist das keiner. Also erzähl mir den Rest gefälligst beim Wirten!“
„Was soll ich dir dort erzählen?“, schaltet der Doc auf stur. „Vielleicht, dass der Trainer bis zum Hals in der Scheiße steckt, weil er sich mit einer Verrückten eingelassen hat?“
„Linda?“
„Haben wir irgendeinen Hinweis auf die Existenz einer weiblichen Person dieses Namens gefunden? Ich kann mich nicht erinnern. Du etwa?“
„Nein“, sage ich.
Der Doc fängt an, mir auf die Nerven zu gehen. Das ist offenbar unvermeidlich, wenn wir mehr als zwei Stunden gemeinsam in einem Raum verbringen müssen. Zu unterschiedlich sind unsere Ermittlungsmethoden und zu gegensätzlich unsere Grundbedürfnisse. Der Doc braucht verknüpfbare Fakten und Informationen zum Glücklichsein, mir reichen wie gesagt ein kleines Gulasch und ein großes Bier.
„Okay, Doc“, sage ich und bemühe mich um Gelassenheit in der Stimme. „Wir haben nix über eine Linda gefunden, aber du bist in dem Haufen Schmierzettel beim Telefon immer wieder auf einen Frauennamen gestoßen, der angeblich einer Verrückten gehört. Mehr hast du mir nicht gesagt. Was du weißt, hast du, sozusagen hinter vorgehaltener Hand, deinem Taschencomputer erzählt.“
„Melanie“, sagt der Doc. „Der Name der Dame ist Melanie Echsner.“
Dann hält er mir seine Gedächtnisstütze unter die Nase, was mich allerdings nicht wirklich weiterbringt, da ich meine Lesebrille daheim gelassen hab.

„Und diese Melanie Echsner ist also verrückt?“, frage ich.
„Ich habe sie vor einem halben Jahr bei der Pressevorführung von *Wild Things*, einem übrigens durchaus empfehlenswerten Thriller, kennen gelernt. Diese Frau ist von dem krankhaften Ehrgeiz besessen, die größte Enthüllungsjournalistin des ausklingenden Jahrtausends zu werden. Noch arbeitet sie für eine TV-Programmzeitschrift und betreut redaktionell die Leserpost und eine Computerspiele-Kolumne. Ihr erklärtes Ziel ist es aber, der Welt in Bestsellern zu enthüllen, dass die Verschwörungstheorien der *Akte X* nur die Spitze des Eisbergs sind. Sie will ein globales Netz der Desinformation, Korruption und medialen Manipulation ausgemacht haben, das längst die Geschicke unseres Planeten lenkt.“
„Verstehe“, sage ich. Dass diese Verschwörungstheorien auch dem Doc nicht fremd sind, ja sogar von ihm selbst stammen könnten, sage ich besser nicht dazu. Die Lage ist ohnedies schon angespannt genug.
„Auf den Trainer jedenfalls macht sie wahrscheinlich den Eindruck einer intelligenten, weltgewandten und in kriminalistischen Fragen kompetenten Jung-Journalistin, die noch dazu blendend aussieht. So etwas imponiert ihm doch, oder?“
„Wahrscheinlich“, sage ich. „Aber was will er von dieser Melanie oder was will sie ausgerechnet vom Trainer, der zurzeit, wie wir wissen, an einer fröhlichen Tiergeschichte schreibt?“
„Das zu klären wird eine unserer nun anstehenden Aufgaben sein“, meint der Doc. „Auffallend ist in jedem Fall, dass sich in seinem Zettel-Chaos neben Melanie Echsners Namen und Wiener Rufnummer eindeutige Hinweise auf das Burgenland finden. Oder wie würdest du Begriffe wie „Martini“ und „Martinshof“ sonst interpretieren?“
„Keine Ahnung, Doc“, sage ich.
Dass mir zu „Martini“ in erster Linie das gleichnamige Gansl und ein italienischer Vermouth einfallen, behalte ich vorerst für mich.

10. PARAISO DEL SUR, MEXICO

„Willkommen im Paradies, Mister Smith!", strahlt Regina Grimes faltenlos.
Die Dame des Hauses könnte neunundzwanzig, aber auch gut dreißig Jahre älter sein. Die kosmetische Chirurgie hat sämtliche Spuren, die Rückschlüsse auf ihr natürliches Alter und Aussehen zulassen, gründlich wegretuschiert.
Als mich die Blondine mit der Maske auf der Freitreppe des Herrschaftshauses empfängt und in ihre Arbeitsräume bittet, trägt sie Cowboystiefel, mit Silber-Conchos verzierte Wildleder-Jeans, eine weiße Rüschenbluse und ein reich besticktes Bolero-Jäckchen. Ich rechne fest damit, dass jeden Moment eine Mariachi-Band in voller Montur die Freiluft-Bühne betritt, ein Lied der Prärie anstimmt und die Konversation zwischen der zeitlosen Lady und dem falschen Killer als Duett in bester Hollywood-Tradition abläuft.
An der Kulisse würde es nicht scheitern, denn das *Paraiso del sur* ist tatsächlich nicht von dieser Welt: eine zur freundlichen Festung ausgebaute Hacienda inmitten einer grünen Oase mit Golfplatz, künstlich angelegten Teichen, Pferdekoppeln und einem Helikopterlandeplatz.
Wenn der Gast das mächtige, elektronisch gesicherte Holztor passiert hat, steht er in einem Innenhof von der Größe des

Purkersdorfer Hauptplatzes und ist zuerst einmal überwältigt von der Blumenpracht, dem sorgfältig restaurierten Kolonial-Prunk der spanischen *conquistadores* und – vermutlich Regina Grimes' Beitrag – einer unsäglichen Mischung aus Las-Vegas-Kitsch und texanischer Heustadl-Romantik.
In der Mitte des Hofes hat sich die Gutsherrin ihr eigenes Denkmal gesetzt: Der alte Brunnen wurde um eine Marmorplattform erweitert, aus der (nach Sonnenuntergang garantiert bunt beleuchtete) Wasserfontänen aufsteigen und die Alabaster-Statue einer Nixe umspielen, die grazil die Schwanzflosse hebt und unverkennbar die gestrafften Gesichtszüge der Erbauerin trägt.
Regina's Paraiso del sur steht darüber auf einem Neon-Regenbogen in Neon-Lettern geschrieben, die aussehen wie tanzende Neon-Kakteen mit Sombreros auf dem Kopf.
„Der Duke fährt nur rasch den Wagen in die Garage", sagt Regina, als wir durch die Empfangshalle des einstigen Herrschaftshauses zu den Aufzügen gehen. „Er stößt dann gleich zu uns. Ich hoffe, Sie hatten heute eine angenehme Fahrt? Ich habe von Ihrem gestrigen Missgeschick mit dem Mietwagen gehört. Tut mir Leid. Aber ich kann Sie beruhigen, Mister Smith: Der hirnlose Wichser von der Autovermietung, der Ihnen die Scheißkarre angedreht hat, ist seinen Job bereits seit zwei Stunden los. Und seine Eier auch, wenn mein Mitarbeiter in Nuevo Laredo heute seinen schlechten Tag hat!"
„Oh", sage ich, weil sich meine vage Vermutung, dass Regina Grimes in ihrem Leben nicht immer Gutsherrin gewesen ist, so rasch und unüberhörbar bestätigt hat.
Die noblen Informationstafeln in der Liftkabine weisen den p.p. Gast auf die breite Palette von paradiesischen Vergnügungen hin, denen man bei Madame Regina frönen kann. Das offizielle Angebot umfasst Ausritte in die Wüste auf dem Rücken edelster Apaloosa-Hengste, drei Bars und zwei Restaurants (wobei für das Speiselokal in der ehemaligen Kapelle Tischreservierungen bereits am Vorabend notwendig

sind), ein Spielkasino mit 24-Stunden-Betrieb, den *Paraiso*-Nightclub mit seinen charmanten Escort-Girls, Sauna, Massagen aller Art, Indoor-Pool sowie BBQ am Lagerfeuer und Fischen im hauseigenen Forellenteich.

„Wir haben eine exklusive Klientel, die größten Wert auf Diskretion legt", ist Regina nach ihrem kurzen Ausrutscher ins tiefere Fach nun wieder ganz Dame des Hauses. „Viele meiner Gäste kommen übers Weekend und tun das nicht in Begleitung ihrer Ehefrauen, wenn Sie wissen, was ich meine, Mister Smith."

Wir gehen einen langen, mit Mahagoni getäfelten Gang entlang, den die Ahnengalerie eines spanischen Adelsgeschlechts ziert. Düstere Porträts hohläugiger, anämischer Männer und Frauen mit steifen Halskrausen und ebensolcher Körperhaltung.

„Die liebe Familie?", frage ich.

Regina Grimes wirft mir einen ziemlich kühlen Blick zu und ihre Silikonlippen werden zu dünnen Strichen. Die Lady hat den Test nicht bestanden. Sie ist leider völlig schmähfrei. Und das kann mich nur in noch größere Schwierigkeiten bringen.

„Das sind die Escobar-Fraunfeldts", sagt sie. „Ein Eduardo Escobar-Fraunfeldt hat die Hacienda vor hundertfünfzig Jahren oder so gebaut. War ein Höfling vom mexikanischen König oder Kaiser."

„Kaiser Maximilian, der Erzherzog von Österreich?"

„Keine Ahnung", sagt Regina. „Der Typ, dieser Eduardo, ist dem König oder Kaiser jedenfalls ziemlich auf den Sack gegangen, am Hof, unten in Chapultepec, und da hat er ihm das ganze Land hier in der Gegend geschenkt und ihn sozusagen in die Wüste geschickt. So ähnlich ist das damals gelaufen. Ich hab die Hacienda von meinem Mann geerbt. Jonathan Grimes III. Die Grimes machen seit Generationen in Kunststoffen, Nylon, Perlon, Dralon, das ganze Synthetikzeug, oben in Baltimore. Kennen Sie Baltimore, Mister Smith?"

„Leider nein“, sage ich.
„Scheußliche Stadt“, sagt Regina. „Kein Wunder, dass dort nur Arschlöcher leben. Wissen Sie, ich komm aus dem Süden. Alabama. Und ich mag den Norden nicht. Ich mag die Leute ganz einfach nicht. Sie sind nicht so wie wir. Woher kommen Sie, Mister Smith?“
„Wien“, sage ich.
„Wie?“
„Wien. Vienna. Austria.“
„Vivien Naustria? Nie gehört. Is das da ganz oben? Pennsylvania, Maine oder so?“
„Noch ein schönes Stück weiter im Osten.“
„Warum sagen Sie nicht gleich, dass Sie aus Kanada kommen, Mister Smith? Ist doch keine Schande. Ich hab kein Problem mit den Kanadiern“, sagt Regina und öffnet die Flügeltür zu ihren Gemächern.
Es dürfte also was dran sein an dem Gerücht, dass der amerikanische Durchschnittsschüler den Geometrieunterricht der Geografiestunde vorzieht.

11. RIO SABINAS, MEXICO

Der Puma, der Adler und die Schlange.

Sie erinnern sich?

Es ist dieselbe schnurgerade Straße, dieselbe kakteenreiche Aussicht, dieselbe sengende Sonne. Der einzige Unterschied: Gestern kam ich aus dem Nordosten und heute fahr ich denselben Weg zurück.

Nach Tres Cruces.

Ich kenn das Kaff nicht, aber ich weiß ganz genau, ich werd es hassen.

Und ich höre mich immer wieder sagen, dass ich nicht ganz bei Trost gewesen sein kann, diesen Auftrag anzunehmen. Da gibt es so eine alte Weisheit, die mir seit gestern durch den Kopf spukt, aber nicht wirklich einfallen will. Der Spruch „Schuster, bleib bei deinen Leisten" kommt ihr ziemlich nahe, trifft aber nicht den Kern. Ich glaube, es hat was mit Fischen oder Kühen zu tun. Oder mit irgendwelchen ganz anderen Tieren, von denen der Stadtmensch keine Ahnung hat. Warum auch? Ist ja schließlich nicht sein Revier.

Ich könnte natürlich meine beiden langjährigen Partner fragen, die schließlich auch keine Vollidioten sind, aber Robert und John reden heute noch nicht mit mir. Robert studiert auf dem Beifahrersitz schweigend die Straßenkarte, in die mir der hilfsbereite Knabe an der Tankstelle mit schwarzem Filzschreiber den Weg durch den weißen Fleck eingezeichnet hat, und John Smith hockt verkatert hinten und verlangt nach weiblicher Anteilnahme und Fürsorge. Die wassermelonengroßen Titten dieser kreolischen Nutte in New Orleans wären jetzt ganz nach seinem Geschmack, und zehn Minuten später ist es das göttliche weiße Hinterteil von Minnie, dem Flittchen in Des Moines.

„Okay, *amigos*", sage ich. „Wir fahren durch ein Land, das eine Bevölkerungsdichte von zirka neun Menschen pro Quadratkilometer hat. In den letzten 24 Stunden hab allein ich drei kaltgemacht. Sollte uns das nicht zu denken geben?"

„Inwiefern?", fragt Robert, ohne von der Straßenkarte aufzublicken.

John auf dem Rücksitz sagt gar nichts. Er ist endlich eingeschlafen.

Apropos: Letzte Nacht hab ich mir in Sabinas ein günstiges Zimmer genommen, zusammen mit einer Flasche Tequila. So gegen drei, ich war grad im Einschlafen, hatte auf dem Gang direkt vor meiner Tür eine *puta* Probleme mit zwei Männern. Der akzentfreie Gröler war ihr Kunde und der andere ihr Zuhalter. Der Disput fing halbwegs leise an, steigerte sich innerhalb einer halben Stunde aber zu einem infernalischen Kreischen und Brüllen.

Ich wartete fünf Minuten. Dann zog ich mich wieder an, holte mein Werkzeug aus dem *Samsonite* und versah es mit einem Schalldämpfer.

Schlimm genug, dass mir dieses um ein paar lächerliche Dollar und Pesos feilschende Trio den Schlaf raubt. Aber soll die mindestens ebenso schlafbedürftige Nachbarschaft nicht auch endlich die nötige Nachtruhe finden?

Also trat ich aus meinem Zimmer und bat die drei höflich um mehr Rücksichtnahme auf die übrigen Gäste des Hauses. Der jugendliche Zuhälter zog lachend ein Springmesser und riet mir, schleunigst wieder ins Bett zu gehen. Das sei eine

Party nur für Kids, und Opas wie ich wären dazu nicht eingeladen. Die dralle Nutte kicherte hysterisch, als er ihr seine coole Ansage ins Mexikanische übersetzte und dabei das offene Messer zirkusreif in der Hand kreisen ließ. Ihr torkelnder Kunde, ein kalifornischer College-Student mit kahl geschorenem Schweinsschädel und mehr Urlaubsgeld in der Tasche, als die beiden Chicanos bisher in ihrem Leben verdient hatten, zeigte mir sein blödestes Grinsen, und das in Kombination mit seinem ausgestreckten Mittelfinger.

„Mein Vorschlag", sagte ich und zog die schallgedämpfte Automatik. „Wir ziehen uns leise ins Zimmer von Schweinchen Schlau zurück, besprechen dort alles in aller Ruhe und ich mach euch noch dazu den Friedensrichter. Ich heiße übrigens John. John Smith."

Mein Angebot wurde von allen Parteien ohne Widerrede und mit zustimmendem Kopfnicken angenommen.

Danach ging eigentlich alles ganz schnell. Wir waren im Zimmer von Schweinchen Schlau, tranken eine Runde Tequila und dann schoss ich ihm zuerst ins Knie, dann in seine Weichteile und schließlich in die Stirn.

Juan, der kleine Zuhälter, und sein Mädchen Maria wollten tun, was Menschen halt so tun, wenn sie überraschend Augenzeugen einer Hinrichtung werden. Sie wollten nur noch schreien, kreischen, heulen und fliehen.

„Keep cool, *amigos*", sagte ich zu den beiden, die Automatik für alle Fälle nach wie vor im Anschlag. „Der Gringo ist tot. Nehmt euch sein Geld, seine Kreditkarten und seine teure Armbanduhr. Macht damit, was ihr wollt. Aber macht nicht dieselbe Scheiße wie bisher. Ich bin jetzt müde. Ich geh endlich schlafen. *Buenas noches.*"

Ich weiß es nicht, aber ich schätze, sie haben den toten College-Boy ausgenommen wie eine Weihnachtsgans. Und ich hoffe, die beiden lernen daraus was fürs Leben.

„Sag schon", meldet sich John Smith schlaftrunken vom Rücksitz. „Hatte sie große Titten?"

„Wer?"

„Na, die kleine mexikanische Hure, die du letzte Nacht gefickt hast.“
„Schlaf weiter“, sage ich.
Ich fahre seit vielen Stunden in Richtung Osten. In der ewigen Geraden durch die Wüste taucht endlich der Platz auf, wo ich gestern die beiden Biker verscharrt habe.
Der grauhaarige Engel, sein mexikanischer Kollege und ihre Maschinen sind nicht länger allein. Die Trauergemeinde besteht aus vier Geiern, die im strahlend blauen Himmel über den Toten kreisen, der Besatzung eines lokalen, mit Kürbissen beladenen *Toyota*-Pick-ups und einer dreiköpfigen Familie, die sich in ihrem Wohnmobil auf Abenteuerurlaub durch Mexiko befindet. Einer der Kürbisbauern und der Abenteuer-Amateur halten meinen Chevy an.
„Was gibt's?“, frage ich.
„Da liegen zwei Motorradfahrer im Straßengraben. Sie sind tot. Haben Sie vielleicht ein Handy oder sonst eine Möglichkeit, die Polizei und die Ambulanz zu verständigen?“
„Leider nein“, sage ich. „War das ein Unfall, oder was?“
„Der alte Mann da drüben bei den Toten sagt, sie wären erschossen worden“, berichtet der Urlauber und sieht aus, als sei ihm die Lust auf Abenteuer für alle Zeiten vergangen.
„Erschossen?“, sage ich.
John Smith genehmigt sich einen Schluck aus seinem Flachmann. Robert ist zwar da, tut aber so, als gehöre er nicht zu meiner Truppe, und macht sich ganz einfach unsichtbar.
„Die beiden Mexikaner sagen, der *hombre* aus dem Norden sei da und nun ginge es Ramon und den *Junkyard Angels* an den Kragen. Die beiden toten Motorradfahrer sind angeblich seine ersten Opfer“, erzählt der verstörte Amerikaner. „Was sind *Junkyard Angels*? Ist das alles wahr, was die sagen, oder ist das bloß Aberglaube?“
„Die Mexikaner reden gern und viel über den Tod“, sage ich. „Ich würde vorschlagen, Sie fahren mit Ihrer Familie weiter in den Urlaub und ich melde den Vorfall bei der nächsten Polizeistation.“

„Und Sie glauben wirklich, die Mexikaner unternehmen auch was?“
„Also ich will nicht für alle Behörden in diesem Land meine Hand ins Feuer legen“, sage ich, „aber von der Polizei in Tres Cruces weiß ich, dass sie nichts unversucht lassen wird, den Täter zu fassen. Das garantiere ich Ihnen. Ich heiße übrigens John. Wir hatten in der ganzen Aufregung noch nicht die Gelegenheit, uns bekannt zu machen. John Smith.“
„Dennis Kavanaugh. Freut mich sehr, wenn man das unter diesen Umständen so sagen kann.“
„Du kannst unter diesen Umständen alles sagen, Dennis“, sage ich. Dann blickt er in den Lauf meiner Uzi.
Als Nächstes läuft mir einer der Kürbisbauern vor die Flinte, dann sein Sohn oder Neffe oder Enkel und schließlich tritt der Rest von Dennis’ Wohnmobil-Familie an, ohne dass ich meinen Arbeitsplatz am Steuer des Chevy hätte verlassen müssen. Sie stehen da, Mutter und Sohn, und wollen nichts von mir, wollen oder können mir nicht einmal ihr sprachloses Entsetzen an den Kopf werfen. Das liegt allein daran, könnte ich ihnen erklären, dass der Tod bei mir um so viel schneller kommt als bei der Konkurrenz. Von Einzelfällen abgesehen, wo der Schmerz und das Leid des Opfers mit Teil meines Auftrages sind.
Die Aufräumungsarbeiten dauern Stunden. Als ich endlich wieder in meinem Chevy sitze und weiter in Richtung Osten fahre, meint John Smith, dass der Job in Zukunft ohne Robert nicht mehr so viel Spaß machen wird wie bisher.
„Wo ist Robert?“, frage ich.
„Ausgestiegen“, sagt John.
„Schwachsinn“, sage ich. „Niemand steigt bei mir aus. Schon gar nicht Robert Mitchum. Er hat von mir täglich seine Ration Grass gekriegt, sich seine Reefer gedreht, kaum ein Wort gesagt und mir immer nur zugesehen, wie ich einen Auftrag nach dem anderen in den Sand gesetzt habe. Dafür ist er da und dafür hat er immer ein fürstliches Honorar kassiert. In Naturalien, okay, und ohne Quittung. Aber dafür auch steu-

erfrei. Robert kann nicht weg sein, John. Das kann er mir nicht antun!"

„Apropos", sagt John Smith und räkelt sich auf dem Rücksitz, „nehmen wir einmal an, du hast heute fünf Leute umgelegt, die mit deinem Auftrag nicht das Geringste zu tun hatten. Du hast eine mexikanische Bauernfamilie um ihren Vater und einen Enkelsohn gebracht. Du hast eine Familie aus Florida, die in ihrem Wohnmobil auf dem Weg zu den Ausgrabungen von *Casas Grandes* war, mit einem Schlag ausgerottet. Also Damokles hätte dich für die Scheißaktion über den Jordan und in den Hades geschickt. Und was machst du? Du jammerst Robert nach, der einfach die Schnauze voll hatte von deinen ewigen Ich-bin-die-Welt-Aktionen!"

„Aber was tu ich denn Böses?", sage ich zu allen, die mir in meinem gemieteten Chevy zuhören. „Ich sitze seit hundert Stunden am Steuer eines blauen Autos und fahre unter blauem Himmel durch die Wüste nach Tres Cruces. Mein Job ist der Besatzung dieses Fahrzeugs hinreichend bekannt, oder? Da müssen doch auch ein paar kleine Gewaltphantasien ihren Platz haben. Das ist mentales Training, Leute. Proben für den Ernstfall. Oder soll ich euch in Hinkunft mit den gedanklichen Auswüchsen meines sexuellen Notstands belästigen?"

„Besser nicht", sagt Robert, der plötzlich wieder neben mir auf dem Beifahrersitz Platz genommen hat.

„Kann man so nicht sagen", mischt sich von der Rückbank John Smith in die Debatte. „Wenn er was zu erzählen hat, das uns weiterbringt, dann sind wir selbstverständlich ganz Ohr. Ist es nicht so, Robert?"

„Wie ist das zum Beispiel mit Frauen, die Kaktus-Unterröcke tragen?", erkundigt sich Robert. „Du weißt schon, die Dinger, die immer nur dienstags blinken und den Rest der Woche stechen?"

„Interessante Frage", sage ich.

Wir sind wieder ein Team.

Der Puma, der Adler und die Schlange.

12. PARAISO DEL SUR, MEXICO

„… und das ist nicht nur schlecht für meine Nerven, das ist vor allem schlecht fürs Geschäft. Weder die mexikanischen Behörden noch die Bullen drüben in Texas haben wirklich etwas gegen diese Landplage unternommen. Also gilt für mich nun das alte Sprichwort: Hilf dir selbst, dann hilft dir Gott. Sie wissen, was ich meine, Mister Smith?"
Regina Grimes' Büro ist eine exakte Nachbildung des Oval Office, und Mrs. President sitzt mir unter dem Sternenbanner an ihrem Schreibtisch gegenüber, nippt an ihrem Milchkaffee und wirft mir über die Porzellantasse mit Goldrand hinweg einen fragenden Blick zu.
Ich glaube, sie hält mich für ein ziemliches Weh. Womit sie gar nicht einmal so falsch liegt, zumindest was meine Qualitäten als Berufskiller betrifft. Wenn man aus einem Kaff in Kanada kommt, das Vivien Naustria heißt, kann man nur zweite oder dritte Wahl sein.
„Ich glaube, ja", sage ich, „aber es gibt da eine Reihe von Punkten, die ich gern mit Ihnen erörtern würde, Regina, damit eventuelle Missverständnisse ausgeräumt werden können, bevor es für alle Beteiligten …"
„Wenn es um mehr Geld geht, Mister Smith, muss ich Sie leider enttäuschen", fällt sie mir barsch ins Wort. „Mein

Anwalt, Mister Cipollina, hat Sie für zehntausend Dollar engagiert. Und die ungewöhnlichen Auszahlungsmodalitäten haben, soweit ich weiß, sogar Sie selbst vorgeschlagen."
„Wer redet denn von Geld?", sage ich. „Ich will nur …"
„Ihr Vorgänger hat ständig über nichts anderes geredet. Bis ich ihn schließlich wieder heimgeschickt habe, nach New York. Der Mann war ein kompletter Versager. Tablettensüchtig, Alkoholiker, Kettenraucher. Von Ihnen, Mister Smith, erwarte ich mir, dass Sie mich nicht so enttäuschen! Und was Ihre Fragen über Ramon betrifft, wenden Sie sich an den Duke. Er weiß über diese Ratte bestens Bescheid. Ah, da ist er ja! Du kommst wie gerufen, Duke. Unser Mister Smith will Informationen über das Arschloch Ramon und seinen Rattenschwanz. Geht doch runter an die Bar und besprecht die Einzelheiten. Ich muss jetzt telefonieren. War mir ein Vergnügen, Mister Smith."
Der Duke steht in der Tür, seinen Stetson in der Hand, und nickt mir zu. Meine Audienz bei der uneingeschränkten Herrscherin über das Paradies des Südens ist damit beendet. Was ich mit hinunter an die Bar nehme: Regina Grimes hat ihren Laden vor einem Jahr eröffnet, und alles lief zur vollsten Zufriedenheit der Chefin und ihrer ausgesuchten Klientel, bis eines Tages Ramon und seine Motorradfahrer, die *Junkyard Angels*, auftauchten. Die rauen Burschen verdienten sich ihren Sprit bisher durch Grenzlandgeschäfte wie das Schmuggeln von Marihuana, Peyote, Kokain und illegalen Einwanderern. Als das *Paraiso del sur* seine Pforten öffnete, kamen sie auf die schlaue Idee, von Regina Grimes Schutzgeld zu erpressen. Um ihren Forderungen Nachdruck zu verleihen, wurde die im Wagen anreisende Kundschaft aus San Antonio oder Corpus Christi nach Verlassen der *Carretera 85* auf den kaum befahrenen Landstraßen überfallen und ausgeraubt. Die *Junkyard Angels* waren dabei nicht zimperlich. Wer, wie man so sagt, Manderln machte, konnte mit ansehen, wie sein Mercedes oder BMW in Flammen aufging. Die ausgebrannten Wracks neben Ernestos Haus in Tres Cru-

ces legen Zeugnis davon ab. Bei einem Geschäftsessen einigten sich Gutsherrin Regina und Räuberhauptmann Ramon über eine mehrstellige Schutzgeldzahlung. Aber der Frieden hielt nicht lang. Ramon wollte mehr. Da Regina für ihre erlauchten Gäste inzwischen einen Hubschrauber-Shuttle-Dienst von den Flughäfen in Laredo (Texas) und Monterrey (Mexiko) eingerichtet hatte, drohte Ramon nun, mit seinen motorisierten Todesengeln die Hacienda oder zumindest die künstlich bewässerten Grünflächen vor den Toren des Paradieses anzugreifen. Bisher kam es zu einem einzigen Zwischenfall, nämlich einer nächtlichen Attacke von mindestens zwanzig schweren Maschinen auf den Golfplatz, die das Green am nächsten Morgen wie einen Rübenacker aussehen ließ. Und danach wusste Regina Grimes: Es wird nicht länger verhandelt, es wird nur noch gekämpft. Ramon muss sterben. Und zwar so spektakulär, dass seinem Gefolge die Lust auf das Paradies ein für alle Mal vergeht.
In der *Iguana Lounge,* der Lieblingsbar des Duke, wo man in fröhlich-folkloristischem Ambiente sein Leguan-Sandwich mit *German Fassbier* runterspülen kann, gibt mir Reginas Vorarbeiter zuerst einmal einen Gesundheitstipp:
„Du wirst in den nächsten Tagen viel im Freien arbeiten, John. Daher solltest du dir dringend einen Hut zulegen. Die Sonne grillt dir sonst die Platte und röstet dir das Hirn!"
„Einen Hut?"
„Einen Hut", sagt der Duke und tippt an die breite Krempe seines Lone-Star-Stetsons. „So was wie das hier."
„Also ich weiß nicht. Ich hab kein Hutgesicht", sage ich.
Der Duke meint, dass er in seinem langen Leben schon viel in den Staaten herumgekommen ist und dass man ihn oben in den Städten des Nordens, in Boston, Philadelphia und New York, wegen seines Cowboyhutes immer wieder belächelt und nicht ernst genommen hat. Aber hier im Süden ist es genau umgekehrt. Nur ein Vollidiot würde unter der mexikanischen Sonne ohne Kopfbedeckung herumlaufen.
Was für mich endgültig die Frage klärt, warum in unseren

Breiten der schöne Beruf des Hutmachers so gut wie ausgestorben ist, in südlicheren Gefilden hingegen immer Saison haben wird.

„Im Paraiso-Shop drüben im Haupthaus, gleich hinter der Rezeption, haben sie gute Hüte“, weiß der Duke. „Sie haben diese lächerlichen Sombreros für die Touristen, aber es gibt auch exzellente Ware von *Gary's* in Houston. Du hast bestimmt schon von *Gary's American Hats* gehört, oder?“

„Nachdem ich, wie gesagt, kein Huttyp bin und außerdem beruflich bisher so gut wie nie im Süden zu tun hatte ...“, sage ich und täusche dann heftige Kautätigkeit vor, obwohl einem das Leguan-Steak in dem aufgebackenen Sesamweckerl geradezu auf der Zunge zergeht.

„Ronald Reagan, der alte Bastard, trägt nur Hüte von *Gary's*, auch George Bush, und natürlich die *Houston Oilers*.“

„Dann sollte ich später unbedingt drüben im Shop vorbeischauen und mir so ein edles Gerät besorgen“, sage ich, um das Thema Kopfschmuck endlich vom Tisch zu haben und einer Diskussion über Football aus dem Weg zu gehen. Oder sind die *Houston Oilers* gar keine Football-Mannschaft? Vielleicht spielen sie Basketball, Baseball oder Bowling, alles Sportarten, von denen ich keine Ahnung habe. Vielleicht aber spielen sie Country, Western-Swing oder sind die Titelhelden einer regional beliebten Fernsehserie in der Nachfolge von *Dallas*, deren Protagonisten auch ständig Hut getragen haben.

„Und der Leguan?“, erkundigt sich der Duke. „Feine Sache, was?“

„Super“, sage ich.

„Die Einheimischen sagen ja, dass du immer wieder in deinem Leben an den Ort zurückkehren wirst, wo du deinen ersten Leguan gegessen hast.“

„Ahja?“

„Alte indianische Weisheit. Die Leute haben zwar nichts außer Mais, Chilis und Kürbissen, aber sie wissen Dinge über das Leben, da können wir Weißen nur staunen.“

„Die Hopi, zum Beispiel“, sage ich. „Über die hab ich einmal in einem Buch gelesen …“

„Hier gibt’s keine Hopi“, sagt der Duke. „Hier in der Gegend gibt es eine Hand voll Mestizen, wie die Leute in Tres Cruces, die nicht mehr wissen, ob ihre Vorfahren Tarahumara waren, Pima oder Concho. Die sind seit Generationen Landarbeiter, Leibeigene, und die vielen Revolutionen haben daran nicht viel geändert. Mir gefällt übrigens deine Zurückhaltung, John, wenn es um Ramon und die *Junkyard Angels* geht.“

„Wie meinst du das?“, frage ich den Duke.

„Hätte ich hier im *Paraiso* nicht den wirklich gut bezahlten Job – und in meinem Alter stehen die Chancen schlecht für einen Cowboy, noch dazu mit dem kaputten Bein –, dann würde ich sagen: Ramon ist okay. Er ist ein Desperado. Gut, die zwanzig Jahre Peyote haben in seiner Birne ihre Spuren hinterlassen, und er ist ein Mescalero. Aber er weiß zumindest in seinen klaren Momenten, auf welcher Seite er steht.“

„Und die wäre?“

„Ramon ist ein Mann der Freiheit. Vor ein paar Jahren hatte er angeblich eine Vision, in der seine Ahnen zu ihm gesprochen haben, und da kam er drauf, dass er ein direkter Nachfahre von Geronimo ist, dem legendären Chiricahua-Apachen, der mit seiner Bande hier im Grenzland jahrelang die US-Armee an der Nase herumgeführt hat.“

Ich kenne die Geschichten, wonach Geronimo sozusagen der Erfinder der Guerilla-Taktik gewesen ist und erst nach Jahrzehnten des blutigen Kleinkrieges 1886 oben in der Sierra Madre endgültig kapituliert hat, um bald darauf in einem Indianerreservat weit von seiner Heimat entfernt zu krepieren.

„Demnach reitet heute also Geronimos Erbe auf einem Motorrad durch die Gegend, beraubt die Reichen und beschenkt die Armen?“, frage ich nach.

Mir wird die ganze Angelegenheit, ehrlich gesagt, schön langsam zu kompliziert. Aber ein gutes Einvernehmen mit dem

Duke scheint mir momentan die einzige Möglichkeit zu sein, dem galoppierenden Mister-Smith-Irrsinn zu entkommen.
„Ramon ist ein Bandit", sagt der Duke. „Und Geronimo war bei Gott kein roter Robin Hood. Aber ich fände es nicht gut, wenn ein bezahlter Killer aus Kanada einen Mann erledigt, der für viele Menschen hier ein Freiheitssymbol ist. Die Sache ist nicht so einfach, wie Regina das gern darstellt. Ihr geht es nur um das Geschäft, und die Einheimischen sind auf Reginas Jobs und Aufträge angewiesen. Aber hinter vorgehaltener Hand schicken sie die Alte zum Teufel und applaudieren, wenn Ramon wieder einen fetten Gringoschlitten in die Luft gejagt hat."
„Und warum begegnet man mir dann überall so überaus hilfsbereit und freundlich? Emilio zum Beispiel, oder sein Schwager Ernesto?"
„Willst du die Wahrheit wissen?", sagt der Duke. „Erstens weil sie gastfreundliche Leute sind, und zweitens weil sie wissen, dass du nicht die geringste Chance hast. Auch wenn du mit einer ganzen Kompanie kanadischer Killer einreiten würdest, hättest du gegen Ramon und seine *Junkyard Angels* nicht den Funken einer Chance. Sie kennen das Land auf beiden Seiten der Grenze wie ihre Westentasche. Und sie haben überall Freunde, Familie und Komplizen, wo sie jederzeit untertauchen können. Willst du meinen ehrlichen Rat, John? Hol dir morgen deinen Chevy aus der Werkstatt und schau, dass du auf schnellstem Wege zurück über den Rio Bravo kommst!"
„Verstehe", sage ich. „Aber da gibt es ein kleines zusätzliches Problem. Angenommen ich hätte das Interesse an diesem Auftrag ganz plötzlich verloren, müsste hier in der Gegend aber noch etwas anderes erledigen …"
„Was erledigen?"
„Ich muss einen Mann ohne Namen finden, der sich Trainer nennt und entweder in Begleitung oder auf der Suche nach einer Frau namens Linda unterwegs ist. Das Ganze ist mehr eine familiäre Angelegenheit."

„Trainer und Linda? Ich kann mich ja einmal umhören“, meint der Duke. „Aber zuerst sollten wir dir einen Hut besorgen.“
„Unbedingt“, sage ich.

13. WIEN-FÜNFHAUS

„Wie wär's im *Rallye*? Sagen wir so gegen neun."
„Sie kennen das *Rallye*?", frage ich Melanie Echsner, die nicht nur eine angenehme Telefonstimme hat, sondern auch Bescheid weiß.
„Sechshauser Straße 38. Eigentümer ist ein Weinhofer Josef. Und vor zirka fünf Jahren hat dort ein gewisser Ludwig Auer, genannt Wickerl, seinen Freund, den Rudi, mit einem Springmesser bedroht."
„Worauf der Rudi an seinem Unterarm eine Kapsreiter-Flasche zerschlagen hat", setze ich die alte Geschichte fort, die sich seinerzeit zu meinem ersten Fall auswachsen sollte. „Das ist ewig her und bald nimmer wahr."
„Oder nie gewesen?", meint Melanie. „Ich hatte den *Blutrausch* auf meiner Bücherliste für die Deutsch-Matura."
„Erstaunlich", sage ich.
„Also dann bis neun. Freu mich schon."
Natürlich kann ein erster telefonischer Eindruck trügen, aber Melanie Echsner macht absolut nicht den Eindruck einer Verrückten. Und außerdem weiß sie was über den Verbleib des Trainers, das man nicht fernmündlich besprechen sollte.
Doktor Trash ist nach der Durchsuchung der Meidlinger Mansarde in sein Datenheim zurückgekehrt, um die gewonnenen Erkenntnisse auszuwerten und – wenn noch Zeit

bleibt – Roman Schindler, dem Opfer von Dreikreuz, auf den toten Zahn zu fühlen.

Mir hatte der Doc zuvor noch die Aufgabe zugeteilt, der *Martini*-Connection nachzugehen, die seiner Meinung nach Melanie und den Trainer verbindet. Der Kontakt zu der aufstrebenden Journalistin war rasch hergestellt und jetzt hab ich noch drei Stunden Zeit, mich auf das Treffen im *Rallye* einzustimmen. Also leg ich mich auf die Bettbank, drehe den Fernseher an und schalte auf internationalen Fußball. Als ich wieder aufwache, ist es kurz nach acht und in Australien wird gerade um die Wette gesurft.

Im *Rallye* ist auch heute nicht der Bär los. Der Herr Josef hat einen einzigen Gast. Und das ist der Polifka Rudl, ein stiller Witwer und Zecher, wie es in einem ihm gewidmeten Schlager heißt, der auf eine lange Karriere als Kino-Billeteur zurückblicken kann und heute seine karge Rente in der Peepshow am Mariahilfer Gürtel aufbessert, wo er für das Wechseln der Münzen zuständig ist und für den Verkauf von Billigst-Erotika aus der Wühlkiste im Foyer.

Der Polifka sitzt bei einem Achtel Rot und sucht das Fernsehprogramm nach alten Filmen ab, für die er in seiner großen Zeit im Handl-Kino den Einlass gemacht hat. Das macht der Rudl immer nach Dienstschluss. Und jeden Abend erlebt er die gleiche Enttäuschung, die er sich dann mit vielen Fluchtachteln wegtrinken muss.

„Heut is *El Dorado*. Spitzenfilm. Mit'n Robert Mitchum und dem John Wayne. Der Duke, weißt eh", sagt er zum Herrn Josef und ihr tägliches Ritual beginnt.

„Wo is'n *El Dorado,* Rudl?", fragt der Herr Josef.

„Auf'n *TNT*. Im Original. 23 Uhr 35. Tipp des Tages", zitiert der Polifka aus dem *Kurier*.

„Für den *TNT* brauchst aber einen Kabelanschluss oder eine Schüssel, Rudl."

„Auf mein Apparat spielt's des ned?"

„Nein", sagt der Herr Josef und stellt mir kommentarlos ein kleines Bier und seinen ewigen Begleiter, den großen Fernet, hin. „Du hast eine Zimmerantenne, Rudl, und deshalb spielt's bei dir nur ORF 1 und ORF 2. Aber vielleicht solltest du dir endlich ein Kabel einleiten lassen. Oder wünsch dir so eine Satellitenschüssel zu Weihnachten."

„Von wem?", sagt der Polifka Rudl und verlangt dann nach dem nächsten Achtel Rot. „Hast du *El Dorado* schon einmal g'sehen, Kurtl?"

„Sowieso", lüge ich.

„Na und?"

„Spitzenfilm."

„Was i immer sag", sagt der Polifka traurig.

Zirka zehn Minuten später geht im *Rallye* die Sonne auf. Melanie Echsner hat nicht nur fachliche Kompetenz und eine angenehme (Telefon-)Stimme, sie hat auch endlos lange Beine und ein strahlendes Lächeln, das den drei betagten Männern im *Rallye* sofort die Seele wärmt.

Sie setzt sich zu mir an die Bar und hat Gusto auf einen großen Fernet, weil sie sich in ihrem Job den Magen ausgerenkt hat.

„Es gibt Leut, die machen mich krank, wenn sie bei der Tür reinkommen. Die Morawetz, unsere Frau Chef vom Dienst, ist so ein Fall. Eine frustrierte, hysterische Funsen. Ein Wort genügt und ich hab einen gastritischen Anfall. Aber wir wollten nicht über die Morawetz reden. Sorry", sagt Melanie, hebt ihr Glas und prostet mir zu.

„Wohl bekomm's", sage ich.

Melanie hat hellblondes, kurz geschnittenes Haar. Einen so genannten Bubikopf, der ihre dunklen Augen und die üppigen Lippen noch größer erscheinen lässt. Auch dem Polifka Rudl ist nicht entgangen, dass das *Rallye* von einer jugendlichen Schönheit heimgesucht wurde, die seine Enkelin sein könnte, aber weil der Rudl keine Kinder hat, sind ihm solche Überlegungen fremd. Er pirscht sich heran, versucht eine galante Verbeugung und hat sich für seinen Auftritt sogar seine dritten Zähne in den Mund gesteckt.

„Tschuldigen, junge Frau", sagt er. „Polifka. Der Kurtl kennt mich. Ich wollt Ihnen nur sagen, dass Sie haargenau so schön sind wie seinerzeit die Jean Seberg in *Außer Atem,* wissen S' eh, mit dem jungen Lino Ventura."

Melanie reagiert auf das Kompliment mit einem malerischen Lächeln und schlägt für den Rudl ihre makellosen Beine übereinander.

„Danke schön", sagt sie leise.

„Des war ned der Ventura in *Außer Atem,* des war der junge Belmondo", mischt sich der Herr Josef ein. „So, und jetzt lass die junge Dame und den Herrn Kurt in Frieden, Rudl, die beiden haben was Wichtiges zum besprechen."

„Nix für ungut", zieht sich der Polifka wieder zu seinem Achtel und dem Fernsehprogramm zurück. „Aber der Jean Seberg wie aus dem G'sicht gerissn ..."

„Wer ist diese Jean Seberg?", erkundigt sich Melanie, als der Polifka außer Hörweite ist.

„Eine amerikanische Schauspielerin, die vor vierzig Jahren zirka ein paar bemerkenswerte Filme gemacht hat. War eine wunderschöne Frau und eine gewisse Ähnlichkeit ist nicht von der Hand zu weisen. Da hat der Polifka Recht. Ich hab übrigens ein Filmlexikon daheim, da sind Fotos von ihr drinnen, zusammen mit dem Jean Paul Belmondo", sage ich und weiß im gleichen Augenblick, dass ich das mit dem Filmlexikon nicht hätte sagen sollen.

Aber zu spät.

„Die würde ich mir gern ansehen", meint Melanie ganz unbekümmert. „Vorausgesetzt, Sie haben auch einen guten Weißwein zu Hause."

„Einen guten Weißen?"

Ich stelle fest, dass mir mit einem Schlag die Schlagfertigkeit abhanden gekommen ist und in meinem Denken eine frisch maturierte, angehende Enthüllungsjournalistin das Sagen hat, von deren bezaubernder Existenz ich vor wenigen Stunden noch nichts wusste.

„Also mit einem Flascherl Weiß vom bessern kann ich jederzeit aushelfen, Herr Kurt", fällt mir prompt auch noch der

Herr Josef in den Rücken. Mit einem Grinsen im Gesicht, für das ich ihn mit mindestens zwei Wochen Lokalverzicht bestrafen sollte.

Selbstverständlich weiß ich ganz genau, dass das sich soeben anbahnende Unternehmen nur voll ins Auge gehen kann. Und selbstverständlich werde ich nichts unversucht lassen, zu verhindern, was geschehen muss.

Aber große Chancen geb ich mir nicht. Dazu kenn ich mich zu gut.

14. DOS BURROS, MEXICO

Der Mann heißt Hondo und ist mindestens hundert Jahre alt.
Er kam aus seiner Adobe-Hütte, als er den Wagen hörte, und empfing mich auf seinen Spazierstock gestützt, aber mit der Würde eines Königs.
„Ich bin nicht aus der Gegend, sondern auf dem Weg nach Tres Cruces", sage ich und steige aus dem vollklimatisierten Chevy. Die flirrende Hitze nimmt mir für einen Augenblick den Atem und ich muss mich an der Wagentür festhalten. „Leben Sie ganz allein hier draußen?"
„Siehst du sonst noch jemand?", sagt der Greis und blickt um sich.
Die Eisenbahnschienen, die mir von der Straße aus aufgefallen waren, verlaufen vor dem halben Dutzend verfallener Hütten buchstäblich im Sand. Eine der Bruchbuden scheint vor langer Zeit das Bahnwärterhäuschen gewesen zu sein. Auf dem verwitterten Holzschild über der Tür steht: *Dos Burros*.
„Ich bin wie gesagt auf der Durchreise, Señor", fange ich noch einmal an, „und als ich die Gleise und Häuser gesehen habe, dachte ich, ich könnte hier was Trinkbares oder Essbares bekommen. Gegen Bezahlung, versteht sich."

„Kannst du", sagt König Hondo und winkt mich in seine Hütte.
In dem niedrigen, fensterlosen Raum ist es herrlich kühl und dunkel. Hondo hat zwar keinen Kühlschrank voll mit Cola, Sprite oder Dosenbier, aber auf der Feuerstelle köchelt ein exotisch duftendes Süppchen.
„Wie viel willst du bezahlen?", erkundigt sich Hondo, während er mit einem Holzschöpfer etwas von der dunkelbraunen dickflüssigen Sauce in eine Tonschale füllt.
„Keine Ahnung. Was kostet ein Teller Suppe?"
„Ich will kein Geld. Was soll ich damit? Und bei Hondo bekommt man keine Suppe. *¿Comprende?*"
„Alles klar", sage ich. „Aber ich weiß nicht, was ich Ihnen anbieten könnte? Zigaretten vielleicht? Ich hab noch jede Menge draußen im Wagen. Marlboro medium. Oder vielleicht ein T-Shirt? Ganz neu. Mit einem wirklich lustigen Bill-Clinton-Spruch vorne drauf?"
Hondo macht ein angewidertes Gesicht, was seine unzähligen Furchen und Falten gewaltig durcheinander bringt. Für einen Moment sieht er aus wie hundertfünfzig. Dann erhellt ein spitzbübisches Grinsen seine verwitterten Züge und er holt unter einer bunten Decke einen *Sony-Discman* hervor: „Musik? Oder Batterien, 1,5-Volt-Babyzellen?"
Der alte Mann in der Wüste ist offenbar auch ein Mann der Überraschungen.
„Klar können Sie Batterien haben", sage ich. „Und Musik hab ich auch im Auto. Aber ob Ihnen die gefällt? Ich hab George Benson, einen *Best of Motown*-Sampler, James Brown und *Kind of Blue* von Miles Davis, aber die CD ist leider unverkäuflich."
„Ist das gute Musik?", will Hondo wissen, ehe er sich auf den Handel einlässt.
„Klar ist das gute Musik."
„Es gibt nur gute oder schlechte Musik", teilt Hondo in diesem Punkt die Meinung von Duke Ellington. „Ich will gute Musik hören."

Als ich seinen *Discman* mit zwei Langzeitbatterien zum Laufen gebracht habe und er sich nach einem ausführlichen Studium der CD-Covers schließlich für *Live at the Apollo* von James Brown entschieden hat, krieg ich im Gegenzug endlich meine Schale Wüstensuppe.
Das Gesöff schmeckt wie eingekochte Eselpisse. Nach dem dritten oder vierten Löffel krieche ich vor Hondos Hütte kotzend durch den heißen Sand und habe nur noch einen Wunsch, nämlich auf der Stelle sterben zu dürfen. Wie bestellt tut sich der mexikanische Himmel auf, als wäre er ein blaues Schiebedach, und viele meiner besten Freunde, von denen ich bis zu diesem magischen Augenblick nicht wusste, dass sie meine besten Freunde sind, kommen aus einem strahlenden, aber angenehm kühlen Weiß zu mir herab, sagen „Grüß Gott", „Hallo", „Hola" und „Wie hama's?". Eine gigantische Party in der Wüste mit mir als lausigem Gastgeber. Sogar Heinrich Heine und Kurt Ostbahn sind da. Sie sehen mit ihren schwarzen Hüten und den Sonnenbrillen wie die Blues Brothers aus, aber sie singen nicht, weil sie Durst haben.
„Hondo!", rufe ich in die Hütte. „Wir haben ganz viele Gäste! Gibt's hier nichts zu trinken?"
Aber Hondo hört mich nicht. Er hört zum ersten Mal in seinem Leben James Brown.

15. WIEN-FÜNFHAUS

„Soll ich dir eine Geschichte erzählen, bevor ich gehe“, fragt Melanie.
Es ist kurz nach drei.
Wir sind nackt und liegen in dem Doppelbett, zu dem sich meine Bettbank nach langem Zureden (und auch dann nur mit viel Geduld und Geschick) ausklappen lässt. Die Flasche Weißwein, die uns der Herr Josef mit auf den Weg gegeben hat, haben wir irgendwann ausgetrunken. Wir haben uns auch die Fotos von Jean Seberg mit dem jungen Jean Paul Belmondo angesehen. Außer Atem. Und wir haben sogar kurz den Fernseher angedreht und über eine deutsche TV-Wettertante gelacht, weil auch Wettertanten ein Anrecht auf einen knackigen Hintern haben, diese aber von ihrem Wettergott mehr als stiefväterlich ausgestattet worden war.
Den erheblichen Rest der Zeit haben wir uneigennützig mit dem Auskundschaften und Verwöhnen unserer Luxuskörper verbracht. Eine schöne und mehr als abendfüllende Beschäftigung, bis jener kritische Punkt erreicht ist, ab dem Mann und Frau wieder zu klaren Gedanken und gefühlsneutralen Aussagen fähig sind.
„Wieso willst du gehen?“, sage ich und schmiege mich unter der Decke wieder enger an Melanie. „Ich hab mindestens drei elektronische Wecker, die auch funktionieren, falls du früh aus den Federn musst, ich besorg uns ein grandioses

Frühstück und außerdem riechst und schmeckst du so gut, dass ich nicht ohne dich aufwachen will."
„Ich wach aber lieber in meinem eigenen Bett auf", bleibt Melanie hart. „Willst du trotzdem die Geschichte hören?"
„Immer", sage ich ohne wirkliche Hintergedanken. „Ganz besonders wenn es die Trainer-Geschichte ist, wegen der wir uns eigentlich im *Rallye* getroffen haben."
„Was hat der Trainer mit uns zu tun?", fragt Melanie und liegt dann plötzlich da wie ein Brett.
„Gar nix", sage ich. „Aber am Telefon hast du gemeint, du wüsstest was über ihn, woraus ich eventuell schlau werden könnte."
„Das hab ich gesagt?"
Melanie strampelt die Decke weg wie ein trotziges Kind und steigt aus dem Bett.
„Hast du gesagt. Vielleicht nicht im selben Wortlaut, aber sinngemäß. Okay, jetzt beruhig dich und komm wieder ins Bett, oder setz dich irgendwo hin, und dann erzähl mir die Geschichte, die du mir erzählen wolltest."
Melanie hockt sich zuerst im Schneidersitz vor dem Fernseher auf den Boden, aber weil man sich auf den nackten Brettern den Hintern abfriert, kommt sie bald wieder zurück unter die Decke. Und dabei erzählt sie mir die Geschichte von Robert, dem Teufelsgeiger, und Doris, der Buchhändlerin, die sich irgendwann in den sechziger Jahren bei einem Konzert im Folkclub *Atlantis* kennen gelernt haben.
Der Teufelsgeiger hat sich in Doris verliebt und die Buchhändlerin in Robert. Die erste Zeit haben die beiden in seinem Kabinett in einer WG zusammengelebt, später dann im Haus von Doris' Eltern in Döbling, wie sich das für junge Liebende jener Epoche gehörte, im selbst ausgebauten Dachboden. Robert war nicht nur ein Teufelsgeiger, er war für seine Freunde auch der Kifferkönig. Doris hat das Kiffen natürlich ausprobiert, ist aber immer eingeschlafen und hat sich daher für Gin-Tonic, Cola-Rum und/oder Rotwein entschieden.
In den Siebzigern war Robert, der Teufelsgeiger, dann nicht

mehr so gefragt, also hat er seine auch finanziell stets verlässliche Buchhändlerin geheiratet. Es war eine Traumhochzeit. Ganz bunt, im Grünen und mit vegetarischem Buffet. Dann wurde Doris schwanger, aber Robert zog seine Kreativität in den Fernen Osten. Er wurde noch Zeuge der sanften Geburt seiner Tochter, doch drei Monate später war er für immer dahin. Indien. Nepal. Katmandu. Wahrscheinlich ist der Scheißgeiger längst tot.

Seine Tochter hat mittlerweile Matura, beantwortet die Leserpost einer Fernseh-Illustrierten, vögelt im Unterschied zu ihrer Mama, die seit dem Abgang von Robert, dem Teufelsgeiger, den Männern abgeschworen und sich vollinhaltlich auf Rotweine aus biologischem Anbau verlegt hat, mit Hingabe durch die Gegend. Derzeit hält sie bei 39 Liebhabern.

Das Einzige, das ihr in ihrem jungen aufregenden Leben wahnsinnig auf den Hammer geht, ist ihr Name. Weil es der Name einer greinenden Protestsängerin ist, die Robert, der kiffende Teufelsgeiger, und Doris, die saufende Buchhändlerin, über alles geliebt haben.

„Coole Geschichte, oder?“, sagt Melanie.

„Hmm“, sage ich.

„Keine Angst. Wir werden trotzdem gut schlafen“, meint Melanie, schubst mich aufmunternd und steigt dann aus dem Bett. Ich sehe ihr dabei zu, wie sie ihre Kleider zusammensucht, eine kalte Zigarette zwischen den Lippen, und gegen ihre Tränen ankämpft.

„Ich hab's gleich gewusst“, sage ich. „Ich hab gewusst, die Sache kann nur ins Auge gehen.“

Aber da ist Melanie im Bad und hört mich nicht.

„Apropos“, sagt sie, als sie in BH und Höschen wieder ins Zimmer kommt. „Mit dem Trainer wäre es nicht viel anders gelaufen. Wir waren schon ziemlich nah dran.“

Dann zündet sie sich die Zigarette an, setzt sich auf den Bettrand und fängt an, ihre Strumpfhose aufzurollen.

„Ahja?“, sage ich. „Woher kennst du ihn überhaupt?“

„Ich hab ihn angerufen“, sagt Melanie. „Wir hatten letzte

Woche eine witzige Leserbrieffrage zur *Blutrausch*-Verfilmung und der Trainer hat sie mir sehr witzig beantwortet. Dann haben wir uns am nächsten Tag bei ihm in der Gegend auf einen Drink getroffen."

Während Melanie in die Strumpfhose steigt, weiß sie zu berichten, dass der Trainer nicht nur eine angenehme Telefonstimme hat, sondern auch von Angesicht zu Angesicht ihr Interesse wecken konnte.

„Und dann hat er dich in seine chaotische Mansarde eingeladen, um dir seine Plattensammlung zu zeigen", sage ich, weil ich mich und meinen Trainer kenne.

„Falsch", sagt Melanie. „Wir haben uns nicht seine Plattensammlung angesehen, sondern *Bring mir den Kopf von Alfredo Garcia,* übrigens ein ganz toller Film von …"

„Sam Peckinpah. Ich weiß", sage ich. „Mexiko. Betrunkener Klavierspieler. Zehntausend Dollar. Friedhof. Verwesender Kopf eines Toten im Plastiksackerl. Viele Fliegen. Und Kris Kristofferson spielt auch mit."

„Gehört der Film etwa zum Standard-Repertoire, wenn der Trainer eine Frau ins Bett kriegen will?", fragt Melanie und lacht endlich wieder.

„Ich will ihm nix unterstellen", sage ich. „Aber deiner Bemerkung von vorhin entnehme ich, dass es dazu nicht gekommen ist."

Weil das Telefon geläutet hat und der Trainer einen Anruf erhielt, der ihn völlig aus der Fassung brachte. Laut Melanie hat er kreidebleich und kettenrauchend seine tausend Ordner und Mappen nach irgendwelchen Aufzeichnungen durchwühlt, während sie versucht hat, dem blutigen Finale des Films zu folgen.

„Und worum ist es in diesem Telefonat gegangen?", frage ich Melanie, die inzwischen vollständig angezogen neben mir auf dem Bettrand sitzt.

„Um eine Linda, einen Ramon oder Roman und um ein Dorf an der Grenze."

„Im Burgenland? Dreikreuz?"

„Nein, nein", winkt Melanie ab. „Nix Burgenland. Tres Cruces. Keine Ahnung, an welcher Grenze das liegt. Klingt aber irgendwie nach Mexiko."
„Tres Cruces", sage ich. „Und weiter?"
„Nix weiter. Der Trainer hat mich in seinem grünen Schlitten zum Matzleinsdorfer Platz mitgenommen und während der kurzen Höllenfahrt in einer Tour bedauert, dass dieser Abend, der so viel versprechend begonnen hat, im absoluten Chaos enden musste. Was man von unserem langen Abend ja so nicht sagen kann, oder? Trotzdem wäre es fein, wenn du mir jetzt ein Taxi rufst."
Und noch Stunden, nachdem Melanie heimgefahren ist, grüble ich nach über den Trainer, seine grüne Rostlaube, den Teufelsgeiger, Mexiko, Melanie, den toten Roman und was dir sonst noch so spätnachts durch den Kopf geht, wenn niemand da ist, der dich auf andere Gedanken bringt.
Wir werden trotzdem gut schlafen, hat Melanie gesagt.
Sie hat ja keine Ahnung.

16. DOS BURROS, MEXICO

Es ist Nacht.
In den letzten Stunden haben die Tiere zu mir gesprochen. Der Puma, der Adler und die Schlange. Sie haben mir Tipps gegeben, wie man auch die europäische Hauskatze davon abhalten kann, ständig auf den Sisalteppich zu pinkeln; sie haben mir geraten, auf meine Haut zu achten und mir bei der nächsten Tankstelle eine Sonnencreme mit Schutzfaktor 24 zu kaufen; und sie waren besorgt über den bisherigen Verlauf unserer Reise.
„Alles leere Kilometer", knurrte der Puma.
„Und kein Ende in Sicht", meinte der Adler.
„Da will dich wer reinlegen und lacht sich einen Ast, während du dich am Arsch der Welt zum Deppen machst", zischte die Schlange.
„Was soll ich tun, *amigos*?", fragte ich meine Freunde.
„Aussteigen", sagte der Puma.
„Aufsteigen", sagte der Adler.
„Umsteigen", sagte die Schlange, „und dabei, wenn's leicht geht, nicht auf eine Korallenschlange treten. Diese Luder sehen zwar sensationell gut aus, aber nach dem Biss bleiben dir nur noch maximal zwanzig Minuten. Bei dem Tempo, das du bisher so vorlegst, wäre in diesem Fall unser Kri-

senmanagement für die Katz. Und damit zurück an den Puma."

Nachdem die Tiere zu mir gesprochen hatten, wollte ich zu den Sternen sprechen.

Aber da war keine vernünftige Unterhaltung möglich. Ich hatte ständig dieses Rauschen in den Ohren, das mit der exponierten Lage von *Dos Burros* in Zusammenhang stehen dürfte. In extrem dünn besiedelten Regionen wie dieser ist, auch wenn die Werbung kühn das Gegenteil behauptet, der Kontakt zu den Sternen immer noch alles andere als störungsfrei.

Weil ich aber, unter den Sternen und auf einer von Hondos bunten Decken liegend, das dringende Bedürfnis nach einem vernünftigen Gespräch habe, bitte ich den uralten Mann, mir vor seiner Hütte ein wenig Gesellschaft zu leisten.

„Halten Sie auch manchmal Zwiesprache mit denen da oben?", frage ich und deute in das sternenklare Firmament.

„Selten", sagt Hondo.

„Und was hören Sie dann? Haben Ihnen die Sterne schon viele Geheimnisse anvertraut? Ich meine, Dinge über die Zukunft der Welt und des Universums, oder vielleicht die Rezeptur eines homöopathischen Arzneimittels gegen was Unheilbares, oder die Baupläne dieses gigantischen UFO-Flughafens bei Cuernavaca?"

„In Cuernavaca haben sie auch schon einen Flughafen? Seit wann?", fragt Hondo und zieht sich die Decke enger um seine schmalen Schultern.

Der Hitze des Tages folgt die Kälte der Nacht. Hat vorhin der Puma gemeint und mir dringend geraten, mich nach einem wärmenden Poncho umzusehen oder mir meinen schottischen Schafwoll-Pullover aus dem Auto zu holen.

„Ich dachte immer, Schamanen beziehen ihr Wissen aus Gesprächen mit den Göttern, und die wohnen doch auf oder zumindest bei den Sternen", sage ich.

„Das musst du einen Schamanen fragen. Ich kenn mich da oben absolut nicht aus", sagt Hondo.

Entweder will der alte Mann sein Wissen nicht mit einem Gringo auf Durchreise teilen oder aber ich liege mit meiner Einschätzung seiner Person völlig falsch. Dagegen spricht jedoch eindeutig sein scheußliches Süppchen, das mir nach einer kurzen, aber heftigen Übelkeit nun schon seit vielen Stunden eine fröhliche Wüstenparty, ein tieferes Verständnis für die Tier- und Pflanzenwelt sowie farbenfrohe Erkenntnisse über den wahren Sinn unseres Daseins beschert.

„Aber wenn Sie kein Schamane sind“, frage ich Hondo, „was sind Sie dann?“

„Ich bin Pensionist“, antwortet der greise Indianer.

„Und davor? Ich meine, was haben Sie vor Ihrem Ruhestand gemacht?“

„Ich war Zugbegleiter.“

„Zubegleiter? Heißt das, Sie haben in der Eisenbahn Fahrkarten entwertet, den Gästen in der ersten Klasse Getränke serviert und Tickets verkauft? Kann ich mir nicht vorstellen.“

„Ich war Zugbegleiter“, wiederholt Hondo. „Wovon du sprichst, heißt in Mexiko *Schaffner*. Ich war nie Schaffner. Ich war *Zugbegleiter*.“

„Und was ist die Aufgabe eines Zugbegleiters?“, frage ich Hondo, der offenbar weder über das Universum und die Esoterik noch über seine berufliche Karriere gerne Auskunft gibt.

„Heute gibt es keine Zugbegleiter mehr“, ist er dann doch zu einer Auskunft bereit. „Früher sind die Zugbegleiter auf ihren Pferden neben dem Zug geritten, und wenn das wegen der Streckenführung nicht möglich war, in den Viehwaggon zugestiegen. Ihre Aufgabe war es, das Hab und Gut der Fahrgäste und das Eigentum der Eisenbahngesellschaft gegen Banditen zu schützen. Damals gab es auch noch den Beruf des *Desperados*, der auf das Überfallen von Zügen und das Ausrauben der Fahrgäste spezialisiert war. Die Aufgabe des Zugbegleiters war es, den Desperado am Überfallen des Zuges zu hindern und in die Flucht zu schlagen. Und das ist mir in den meisten Fällen auch gelungen.“

„Und wie lang haben Sie diesen gefährlichen Job gemacht?“, frage ich.
„Ich hab aufgehört, als General Cardenas Präsident wurde und die Eisenbahn verstaatlicht hat. Das muss so um 1934 gewesen sein. Danach war ich mit Roddy durch den Norden Mexikos unterwegs. Fünfzehn Jahre lang.“
„Wer ist Roddy?“, frage ich und rechne nur schnell einmal durch, wie alt der alte Mann heute sein muss, wenn er das alles tatsächlich erlebt haben will. Hondo huscht in seine Hütte und kommt gleich mit einem abgegriffenen Paperback wieder: Rodney O'Brien: *An Irishman Under The Sun Of Mexico*.
Eine Art Reisebericht eines wortgewaltigen, aber finanzmaroden irischen Weltenbummlers aus dem Jahr 1949, erschienen im Verlagshaus *Broderick & Sons*, New York. In den Danksagungen am Beginn des Werkes findet sich an erster Stelle tatsächlich der Name *Hondo*, der dem Autor stets ein treuer Gefährte, wahrer Freund und mit den Tücken und Gefahren des Nordens vertrauter Führer und Fahrer gewesen ist.
„Und wieso leben Sie jetzt in einer aufgelassenen Bahnstation mitten in der Wüste?“, frage ich.
„*Dos Burros* war nie eine Bahnstation“, sagt Hondo. „Die Gleise da haben noch nie einen Zug gesehen. Steht alles da drinnen.“
Hondo reißt mir das Buch aus der Hand und schlägt ohne hinzusehen die entsprechende Seite auf. Dann gibt er mir Rodney O'Briens Mexiko-Bericht wieder zurück.
Ich gebe zu, ich bin kein großer Leser. Noch dazu liebt der irische Abenteurer in Schachtelsätzen abgepackte Naturbeschreibungen, die mich an meine Schulzeit und daher an Adalbert Stifter erinnern. Und schlussendlich herrschen vor Hondos Hütte Lichtverhältnisse, die einem das Lesen nicht gerade zum Vergnügen machen.
Viele Stunden später weiß ich, wie Pumas aussehen, die sich von Jean Paul Gaultier einkleiden lassen, was Adler fühlen,

wenn sie ins Münzamt zitiert werden, und was Schlangen von meiner vormaligen Lebensgefährtin halten.

Außerdem weiß ich Dinge über *Dos Burros*, die weder mich noch sonst einen Menschen auf dieser Welt interessieren, unser irischer Freund Rodney O'Brien aber der Nachwelt hinterlassen hat:

Dos Burros ist tatsächlich keine Bahnstation, verdankt seinen Namen aber zwei betuchten Herren, die glaubten, mit einer Eisenbahnlinie das Geld ihres Lebens zu machen. Die beiden Esel waren ein texanischer Bankier namens Howard S. Floyd und José Escobar-Fraunfeldt, ein Enkel jenes adeligen Großgrundbesitzers, dem einst die ganze Gegend gehörte. Das Gutachten eines windigen Geologen wies auf dem Grund und Boden der Escobar-Fraunfeldts große Silbervorkommen nach, erste Schürfungen bestätigten die getürkte Studie, und schon war eine amerikanische Eisenbahngesellschaft zur Stelle, um den Bau einer Bahnlinie durchzuführen, die das viele Silber direkt aus der Wüste an den Golf von Mexiko transportieren sollte. Ein ausgemachter Schwindel, der den texanischen Bankier zuerst in den Ruin und dann in den Selbstmord trieb. Seinen adeligen Partner zog es aber nach dem Notverkauf der Hacienda bei Tres Cruces zurück in die Alte Welt und zu den Pfründen seiner Familie.

„Das kurze Stück von hier bis hinauf zur Straße ist alles, was von *El Oriente* gebaut wurde, bevor der Betrug aufflog", sagt Hondo. „Und das Schild *Dos Burros* an der Hütte da drüben haben die Gleisarbeiter angebracht, bevor sie abgezogen sind. Wie du siehst, hat jeder noch so kleine Ort seine Geschichte."

„*¿El Oriente*?", frage ich, weil mir der Name irgendwas sagen sollte.

„*Ostbahn*", sagt Hondo.

Dann steht er auf und geht in seine Hütte. „Noch ein Schälchen Suppe, *amigo?*"

Der Puma nickt, der Adler schläft und die Schlange winkt kategorisch ab.

„*Qué bueno*", sage ich.

17. DREIKREUZ, BURGENLAND

„Also eigentlich hab nicht ich ihn gefunden, sondern die Reithofer Anni. Weil die Anni war heut viel schneller als ich. Sie is dann stehen geblieben und vom Radl gestiegen, weil sie den Mann im Wald gesehen hat. Und wie ich dann nachgekommen bin, da hat die Anni schon gespieben."

Fragen Sie mich nicht, anmutige Leserin, werter Leser, wie der Doc das wieder angestellt hat. Tatsache ist jedenfalls, dass er das gesamte, per Digitalkamera aufgezeichnete Schnittmaterial des *Burgenland-heute*-Beitrags über den Mord in Dreikreuz plötzlich in seinem Computer hat. Man kann es sehen und hören, kann es nach Belieben vor- und zurücklaufen lassen, kann Bildausschnitte vergrößern und sogar ausdrucken oder Sequenzen mit und ohne Ton in Zeit- und Superzeitlupe abspielen. Wie soll ich sagen: die FBI-Typen von *Profiler* sind nicht wesentlich weiter als der Doc in seinem Wiener Datenheim.

Zurzeit hören und sehen wir zwei Schulkinder, den Georg und die Anni, die nachmittags auf ihrem Lieblingsparcours um die Wette geradelt sind und auf halber Strecke die Leiche von Roman Schindler gefunden haben.

„Also eigentlich hab nicht ich ihn gefunden, sondern die Reithofer Anni", sagt der 11-jährige Georg in das Reporter-

mikrofon mit dem großen Windschutz. Der Bub lehnt auf einem Feldweg an seinem Fahrrad, kindlich-cool wie die Parodie auf einen neu gekürten Motocross-Weltmeister beim Siegerinterview. Im Hintergrund sind Beamten der Spurensicherung an der Arbeit. Dann jagt die Kamera die Rennstrecke der beiden Kinder entlang: über die menschenleere Dorfstraße von Dreikreuz, einen Schotterweg an der Kirche, am Friedhof vorbei und auf eine kleine Anhöhe, eine lange pfützenreiche Gerade durch die Stoppelfelder, nach einer scharfen Linkskurve über den ausgefahrenen Forstweg zu einem Wäldchen. Vor der polizeilichen Absperrung am Tatort wagt der Kameramann einen Rissschwenk von den kahlen Bäumen in das regnerische Grau des Oktoberhimmels.
„Da war plötzlich was“, sagt die Anni in das Mikrofon mit dem großen Windschutz. Das blasse Mädchen in dem knallroten Anorak steht vor einem Polizeiauto und hält sich an der Lenkstange seines Fahrrades fest.
„Sag, was war da genau, Anni?“, macht eine Reporterstimme auf kinderlieb.
„Weiß nicht“, sagt die Anni und weiß nicht, ob sie nicht gleich weinen muss.
Kurz Schwarz. Kurz graues Flimmern. Dann ist die Anni wieder da.
„Also, ich sag zu dir: Was war da genau, Anni? Und meine Anni erzählt mir so cool wie Pippi Langstrumpf, was sie gesehen hat, okay?“
„Da war der Mann an dem Baum“, sagt Anni, schluckt und macht eine lange verzweifelte Pause. „Wie in einem Indianerfilm. Am Marterpfahl.“
„Und wie hat der Mann ausgesehen, Anni?“
„Weiß nicht“, sagt die Anni und bricht in Tränen aus.
Wieder Schwarz. Wieder graues Flimmern. Aber dann noch einmal die Anni.
„Also wie hat er ausgesehen, Anni?“
„Gar nicht wie echt“, sagt sie in die Kamera. „Alles rot. Voller Blut. Sein Gesicht, sein Janker und die Hose.“

„Und hast du den Mann schon vorher einmal gesehen, Anni?“
„Freilich. Schon oft. Er war immer bei uns im Geschäft einkaufen und hat drüben beim Onkel Hans gewohnt.“
„Danke, Anni, das war wirklich ganz, ganz super“, sagt die singende Reporterstimme. „Und weil du so tapfer warst, darfst du dir nachher was aussuchen: einen Schlüsselanhänger, ein Schirmkapperl, so wie ich eines aufhab, oder ganz viele *Burgenland*-Aufkleber für dein super Radl.“
„Aber mir is schlecht. Und mir is kalt. Ich will heim“, sagt die Anni. Dann hat der Kameramann endlich ein Erbarmen und stellt seine Mühle ab.
Schwarz.

18. WIEN-NEUBAU

Wir sitzen in der Küche der Datenzentrale. Der Doc jausnet eine Zimtschnecke und ich kiefle an der Leberkässemmel herum, die mir keine Freude mehr macht, seit ich mir einen spitzen, scharfkantigen Krümel ins Zahnfleisch gerammt habe. Die Getränkeauswahl ist, wie immer beim Doc, eher beschränkt. Es gibt stilles Wasser, Sprudelwasser, einen Saft aus vielen Früchten mit noch mehr Vitaminen und einen Kaffee, der meinen Koffeinbedarf für Monate decken würde, wäre ich verrückt genug, die Tasse auszutrinken.

Ich weiß, dass der Doc irgendwo in seinem düsteren Reich mindestens eine Flasche Tequila versteckt hat. Aber ich sag lieber nichts. Der Tag ist noch jung, wir sind im Dienst und da haben hochprozentige Freuden nichts verloren.

Obwohl, einen kleinen Schuss Aufmunterung könnten wir ganz gut gebrauchen. Denn der Tod des Roman Schindler in Dreikreuz macht nach Durchsicht von gut zwei Dritteln des *Burgenland-heute*-Materials irgendwie keinen Sinn. Und es gibt nichts, absolut nichts, das auf den Verbleib des Trainers hinweist, sieht man einmal davon ab, dass das burgenländische Dorf an der Grenze irgendwo in der Spanisch sprechenden Welt eine Partnergemeinde haben dürfte: *Tres Cruces.*

Aber auch diese Spur ist nicht wirklich heiß, meint der Doc.

Er hält, wie wir alle wissen, Melanie Echsner für verrückt. Und ihre Geschichte von einem panischen Trainer, der nach einem mysteriösen Telefonanruf in seiner grünen Rostlaube auf Nimmerwiedersehen verschwindet – nach Dreikreuz oder Tres Cruces, zu Roman oder Ramon, wegen oder mit einer Frau namens Linda –, hält er für zumindest höchst fragwürdig.

Ich halte, wie wir alle wissen, Melanie nicht für verrückt. Aber ansonsten muss ich dem Doc Recht geben.

„Die wenigen Fakten, die wir vorliegen haben, lassen viel Raum für Spekulationen", meint der Doc, als er seine Zimtschnecke verzehrt hat und wir in die Kommandozentrale zurückkehren, um uns den Rest der Fernsehaufnahmen anzusehen.

„Na gut, dann spekulieren wir", sage ich. „Was hältst du übrigens von der Idee, dass ich uns dafür ein paar Bier vom *Billa* hole? *Ottakringer* oder *Wieselburger*? Dose oder Flasche?"

Der Doc reagiert auf meinen nur gut gemeinten Vorschlag wortlos mit einem missbilligenden Kopfschütteln. Bier abgelehnt. Auch gut. Er will dringend anbringen, was ihm offenbar schon die längste Zeit durch den Kopf geht:

„Weshalb hat es den Roman Schindler aus Wien nach Dreikreuz verschlagen? Das ist ein 200-Seelen-Dorf im nördlichen Burgenland, nur wenige Kilometer von der ungarischen Grenze entfernt, und die einzige Attraktion, die Dreikreuz zu bieten hat, ist die barocke Pfarrkirche mit ihrem außergewöhnlichen Glockenturm. An seiner Spitze trägt er, was dem Ort auch seinen Namen gab, drei Kreuze, ein Symbol der Dreifaltigkeit, die bei entsprechender Sonneneinstrahlung golden glänzend bis weit in die ungarische Tiefebene zu sehen sind. Vielleicht war es der Glockenturm, der Roman Schindler nach Dreikreuz gelockt hat. Aber nehmen wir einmal an, er war es nicht. Was sonst zieht einen 26-jährigen Studenten aus Wien hierher? In Dreikreuz sagen sich sogar im Sommer, der touristischen Hochsaison, die Füchse Gute

Nacht. Jetzt haben wir Ende Oktober und da kommt kein Fremder gern und freiwillig vorbei. Außer …"
„Außer es gibt ein Mädchen in Dreikreuz, das dem Roman massiv den Kopf verdreht hat", biete ich an, als der Doc endlich eine Atempause einlegt.
„Außer er hat geschäftlich jenseits der Grenze zu tun", setzt er unbeirrt fort und tippt dabei, ich nehme an, Stichworte in einen seiner Computer. „Wie man weiß, sind Spekulationen über das Geschäftsleben im Grenzland keine Grenzen gesetzt. Hier laufen die ganz großen Deals. Und sie laufen heimlich, still und unbemerkt. Ost-West-Geschäfte, hat man früher gesagt. Die Grenzen sind zwar noch da, aber nicht für jene, die immer schon in großen Zusammenhängen gedacht haben und die jetzt beruhigt in noch viel größeren Zusammenhängen denken dürfen, wenn es um die Expansion des grauen und schwarzen Marktes geht, um weltumspannende Geschäfte mit Waffen, neuen Technologien, Drogen und Frauen. Ziemlich genau in dieser Reihenfolge."
„Verstehe", sage ich.
Dann geh ich runter zum *Billa* und hol mir eine Sechserpackung *Gösser*. Die ist grad in Aktion.

19. DREIKREUZ, BURGENLAND

Das Portal des Dorfgasthauses *Zur Post.* Inhaber: Fam. Reithofer. Zwei Tafeln links und rechts vom Eingang versprechen dem müden Wanderer *Warme Küche* und *Fremdenzimmer m. Du. & WC.*
„Und los!", kommandiert der Lokalreporter, dessen warmherzige Gesprächsführung vorhin die kleine Anni an den Rand eines Nervenzusammenbruchs getrieben hat.
Die Eingangstür geht ruckartig auf und der beleibte Wirt tritt unsicheren Schrittes heraus auf die windige Straße. Er trägt ein grünes Gilet und eine weiße Schürze. Seine teigigen, verschwommenen Gesichtszüge mit den dicken dunklen Tränensäcken weisen ihn als einen Gastronomen aus, der seit vielen Jahren sein bester Gast ist.
Außerdem ist nicht zu übersehen, dass ihm sein Auftritt vor der Fernsehkamera keine große Freude macht.
„Danke, Herr Reithofer", schreit der Reporter. „Und das Ganze gleich noch einmal! Aber ein bissl freundlicher und flotter, wenn's geht! Und nicht in die Kamera schauen, Herr Reithofer! Sie wollen *mir* was erzählen, und nicht dem Ewald!"
Der Wirt trabt mit hängenden Schultern zurück ins Lokal.
„Blunzenfett", sagt der Reporter zu Ewald, dem Kameramann.

„Wann der Wind noch stärker wird, ist der Ton unsendbar. Der ist jetzt schon ziemlich am Limit“, ist die Stimme von Ewald zu hören, während das Kameraauge über die Hauptstraße von Dreikreuz schwenkt. Der Wind wirbelt Herbstlaub, Zeitungspapier und eine rotgelbe Chipspackung auf. Ein alter Mann überquert die Straße und hält den Schirm seiner karierten Kappe fest.

„Nix is unsendbar“, weiß der Reporter. „Los, fahr ma!“ Dann gibt er dem Gastwirt erneut das Kommando für seinen Auftritt. Es sollten noch vier weitere abgebrochene Versuche folgen, bis Johannes Reithofer endlich in der richtigen Position steht, die Schilder mit den Angeboten seines Hauses gut lesbar im Hintergrund.

„Wie lang hat der Herr Schindler bei Ihnen gewohnt?“

„Das kann ich so nicht sagen“, meint der Gastwirt. „Da müsst ich drinnen im Gästebuch nachschauen.“

„So zirka?“

„Ein paar Tage halt. Vier, fünf. Die Erika weiß das. Sie macht die Zimmer.“

„Und er war allein hier?“

„Ja. Also, was ich weiß … ja.“

„Keine Besuche?“

„Nein. Er hat das Dreierzimmer g’habt. Das ist ein Einzelzimmer. Und eigentlich war er tagsüber immer unterwegs.“

„Unterwegs, Herr Reithofer? Wo war er denn unterwegs?“

„Also, das kann ich nicht sagen. Aber er muss viel unterwegs g’wesen sein, weil sonst hätt er ja öfter bei uns was gegessen.“

„Haben Sie viele solche Gäste?“

„Wieso?“

„Alleinreisende, die ein paar Tage bleiben und die meiste Zeit in der Gegend unterwegs sind. Im Ort und in der Umgebung kann man doch nicht viel unternehmen. Sport betreiben, zum Beispiel, oder wandern.“

„Weil Sie das sagen“, erhellt ein Geistesblitz die finstere Miene des Wirts, „da fällt mir ein, er hat sich von der Erika

das Fahrrad ausgeborgt. Gleich am ersten Tag, wie er angekommen ist."
„Die Erika, das ist Ihre Frau?"
„Ja. Und sie hat ihm ihr Radl geborgt. Ein altes Damenrad, 3-Gang."
„Und mit dem war er dann immer unterwegs?"
„Wahrscheinlich. Weil sein Auto steht immer noch hinten im Hof."
„Danke, Herr Reithofer. Das war ganz, ganz super. Dürfen wir uns vielleicht den Wagen im Hof ein bissl anschauen?"
„Von mir aus", sagt der Wirt, „aber die Erika hat sicher schon ihre Schnitzeln fertig."
Kurz Schwarz. Kurz graues Flimmern.
Dann schwenkt die Kamera, ohne Ton, über den Hof der Gaststätte. Bier- und Limonadenkisten. Ein Hackstock. Brennholz, an der Bretterwand eines Schuppens aufgestapelt. Ein Traktor mit Anhänger. Ein senffarbener *Opel* mit burgenländischem Kennzeichen. Ein dunkelblauer *Ford Ka* mit Wiener Kennzeichen. Die Kamera umrundet den neuen Kleinstwagen.
Der Doc hält das Bild an, als die Nummerntafel gut zu erkennen ist. Dann klappert er auf seiner Computer-Tastatur, bis die vergrößerte Autonummer den ganzen Bildschirm ausfüllt: *W 7631 AK.*
Noch ein paar Takte auf der Tastatur, und irgendwo im Gerätepark geht ein Rattern und Tuckern los. Schon kommt der Ausdruck des Computerbildes aus einer Maschine gefahren. Und das sogar in Farbe.
Für den Doc ist das Alltag. Ich bin immer wieder aufs Neue fasziniert von den Wundern der Technik, die uns das Leben bald so sehr erleichtern wird, dass es sich eigentlich gar nicht mehr auszahlt, auf die Welt zu kommen. Außer ich erwarte mir tatsächlich nicht mehr vom Leben als 329 digitale Fernsehprogramme.
„Jetzt bräuchten wir nur noch einen Zugang zum zentralen Polizeicomputer, und schon wüssten wir alles, was unsere

Ämter und Behörden über Roman Schindler wissen", sage ich.
„Das kann im Moment warten", meint der Doc, dem die leise Ironie in meiner Stimme offenbar entgangen ist. „Wir haben noch vierzehn Minuten aus Dreikreuz vor uns. Also entspann dich und genieße dieses wahre Juwel des Fernsehjournalismus, Kurt."
Nach ihrer Schnitzelpause entführen uns Kameramann Ewald und der namenlose Reporter in die Dorfgreißlerei von Dreikreuz. *ADEG*-Kaufmann Ernst Reithofer ist der jüngere Bruder des Gastwirts, hat keine Knackwürste unter den Augen und fühlt sich vor der Kamera auch deutlich wohler. Zuerst sehen wir ihn in seinem blütenweißen Arbeitsmantel beim Aufschneiden von Kantwurst und Edamer. Dann fächert er für uns mit flink geführtem Messer Essiggurkerl. Und schließlich schlichtet er Fruchtjogurts und *Fru Fru* ins Kühlregal. Alles Material ohne Ton, für eventuelle Zwischenschnitte.
Endlich das Interview. Herr Reithofer in seinem kleinen Reich, hinter der Wurst- und Käsevitrine und vor einem Regal mit Tabakwaren und sonstigen Genussmitteln wie Kaffee, Tee und Inländerrum.
Nachdem er meinem speziellen Reporterfreund bestätigt hat, was seine Tochter Anni bereits am Tatort unter Tränen gestand, nämlich dass Roman Schindler öfter bei ihm im Geschäft eingekauft hat, will es der Interviewer ganz genau wissen:
„Was hat denn der junge Mann so alles eingekauft?"
„Zwei Packerln *Memphis light*, jeden Tag. Dann zwei Semmeln, eine mit Käse, eine mit Wurst, meistens Kantwurst, aber einmal war's, glaub ich, eine pikante Extra. Ja, und Getränke. Ein, zwei Dosen *Cola light,* eine *Punica-Oase* oder eine Flasche Schokomilch. Das war eigentlich alles."
„Und was wollte er mit den Sachen?"
„Na ja", sagt der Kaufmann. „Ich nehm an, er wollt sie essen und trinken."

„Schnitt!“, schreit der Reporter.

Kurz Schwarz. Kurzes graues Flimmern.

„Wissen Sie, Herr Reithofer, was der junge Mann in Dreikreuz wollte? War er hier, um ein paar Tage Urlaub zu machen? Hatte er Bekannte in der Umgebung? War er geschäftlich hier?“

„Er hat sich nach einer Burgruine erkundigt, als er das erste Mal bei mir im Geschäft war. Das weiß ich noch ganz genau. Weil ich zu ihm gesagt habe: Wir sind zwar im Burgenland, aber Burgruine haben wir in unserer Gegend keine. Wir haben nur den alten Gutshof ein Stückl außerhalb vom Ort. Der hat früher den Esterházys gehört, wie alles hier bis hinüber nach Ungarn. Aber seit ich mich erinnern kann, steht der Gutshof leer und verfällt. Ich war noch ein Schulkind, da ist er schon längst nimmer bewirtschaftet worden. Das kann sich heutzutag ja auch niemand mehr leisten.“

„Und für diesen Gutshof hat sich der junge Mann interessiert?“

„Nicht direkt. Er hat nur gesagt, dass er einen Ausflug mit dem Rad machen will. Und am nächsten Tag war er enttäuscht, weil das gesamte Gelände um den alten Hof eingezäunt und mit Stacheldraht gesichert ist. Der Zaun verläuft nur ein paar Meter hinter dem Wald, wo meine Anni den armen Teufel heut gefunden hat.“

„Wieso ist das Areal um den Gutshof abgesperrt?“

„Das weiß niemand so genau“, sagt der *ADEG*-Kaufmann. „Das ist jetzt seit zwei Jahren so. Neue Besitzer. Angeblich wird er komplett neu hergerichtet, um viele Millionen. Aber das sind nur Gerüchte. Auf den Bautafeln bei den zwei Zufahrten steht irgendwas von „Projektgruppe: *Martinihof*“. Bei uns im Ort weiß keiner, was dort oben wirklich passiert. Und jeder fragt sich, wer so blöd sein kann, sein Geld in eine solche Ruine zu investieren. Das ist doch eine ewige Sparkassa.“

„Wann haben Sie den Roman Schindler eigentlich das letzte Mal gesehen, Herr Reithofer?“

„Gestern. Gestern in der Früh.“
„Dann war er heute also nicht bei Ihnen einkaufen?“
„Nein.“
„Und Ihre Tochter, die Anni, hat ihn heute so gegen halb drei gefunden.“
„Nach der Schule. Ja.“
„Danke, Herr Reithofer. Das war wirklich ganz, ganz super.“
Schwarz.

20. TRES CRUCES, MEXICO

Ich hab einen Hut, und der ist von *Gary's* in Houston. Mein elegantes Modell mit der nicht gar so breiten Krempe heißt *LBJ,* benannt nach den Initialen eines amerikanischen Präsidenten, dem ich zu seiner Amtszeit nicht begegnet wäre, ohne ihm ein Protestschreiben von mindestens achthundert Seiten in die Hand zu drücken, unterzeichnet von mindestens achthundert mir namentlich bekannten Gegnern seiner Amtsführung.

Für den jüngeren oder historisch weniger versierten Leser: Lyndon Baines Johnson (1908–1973) war Präsident der USA und als solcher für die Eskalation des Vietnamkrieges verantwortlich, über dessen Sinnlosigkeit uns heute (in jeder gut sortierten Videothek erhältliche) Filme wie *Apocalypse Now, Platoon, Good Morning, Vietnam* und *Full Metal Jacket* Auskunft geben. Am Ende seiner Amtszeit gab sich LBJ verhandlungsbereit, was seinem republikanischen Nachfolger Richard Nixon aber gar nicht ins Konzept passte. Und was der und seine diversen Nachfolger anstellen und angerichtet haben, sowohl daheim als auch weltweit, hat mit meinem neuen Hut eigentlich nur ganz am Rande zu tun.

Trotzdem hab ich ein sehr ungutes Gefühl, als ich auf Ernestos Autofriedhof im Schatten meiner sündteuren Kopfbe-

deckung hocke und auf sein Gutachten über den Gesundheitszustand des blauen Miet-Chevrolets warte.
Ich hab mir den guten Rat des Duke zu Herzen genommen und will schleunigst zurück über den Rio Bravo. Den Kurtl glaubt mir hier sowieso keiner mehr. Aber ich will auch nicht länger John Smith sein müssen, der für zehntausend Dollar den Desperado Ramon um die Ecke bringt. Das ist ein Job für ganz miese Typen wie seinerzeit Jack Palance und Klaus Kinski. Für heute fällt mir eigentlich nur Gary Oldman ein, aber der würde für den Auftrag garantiert das Zehnfache in Rechnung stellen, zuzüglich Catering, das neben harten lokalen Getränken vor allem aus lokalen Halluzinogenen bestehen würde, schätze ich.
Und das ist entschieden nicht meine Party.
Jeder, der mich nur ein bissl kennt, weiß das. Der Kurtl sitzt gern länger in der *cantina*. Okay. Der Kurtl zieht gelegentlich mit *compadres* und *amigos* um die Häuser, auch bis in den späten Vormittag hinein, wenn's sein muss und die Besetzung stimmt. Der Kurtl geht auch gern auf Reisen und er lernt gern fremde Sitten und Gebräuche kennen, aber auch in der Fremde hält er es wie daheim: Sein staunendes Interesse gilt jenen Menschen, die sich und damit anderen Gutes tun, indem sie zum Beispiel Musik machen, die aus dem Herzen kommt, oder rauschende Feste feiern, die noch nicht von *Coca Cola* gesponsert und von *MTV* weltweit übertragen werden.
Und deshalb frag ich meinen Trainer, wo immer er zur Zeit auch stecken mag, wieso er mich in diese beschissene Situation gebracht hat. Ich sitze hier fest, in Tres Cruces, Mexiko, auf Ernestos Autofriedhof, der von den Kindern für den nahenden Totentag mit Buntpapier-Girlanden geschmückt wird, weil auch tote Autos einmal im Jahr ihre Hetz haben sollen.
Durch eine unglückliche Verkettung der Umstände, für die ich in diesem Fall *tatsächlich* nix kann, hält mich das freundliche Personal von Tres Cruces für einen abgetakelten

Profi-Killer, der gegen ihren Ersatz-Geronimo kein Leiberl hat und daher vor seinem unfreiwilligen und garantiert qualvollen Ableben noch ordentlich was essen und trinken soll, weil im Jenseits die Küche mit Sicherheit schon zuhat, wenn einer wie ich drüben ankommt, und mich der Getränkekellner freundlich, aber bestimmt an die Saftbar bitten wird, weil das Bier leider aus ist, der Wein noch nicht vergoren und segensreiche irdische Erfindungen wie Magenbitter, Whisky und Obstler im Nirvana nicht auf der Karte stehen.
„Sieht nicht wirklich gut aus“, platzt Ernesto in meine Gedanken. Er hat meine Kiste auf Anordnung des Duke genau untersucht und macht nun ein sehr betrübtes Gesicht.
„Was heißt das?“, frage ich.
„Es ist der Motor“, erklärt mir Ernesto. „Und der Motor kommt aus Detroit.“
„Scheiße“, sage ich.
„Kommt drauf an. Vielleicht kommt der Motor auch aus Monterrey. Aber das dauert in jedem Fall viele Tage, und so ein neuer Motor ist mindestens so teuer wie die Hochzeit meiner Schwester.“
„Großartig“, sage ich.
Und dann will ich den Trainer sprechen, und zwar sofort und unter vier Augen. Aber da kann mir Ernesto auch nicht weiterhelfen. Ein Trainer ist den netten Menschen in und um Tres Cruces nicht bekannt. Das hat mir auch schon der Duke mit auf den Heimweg gegeben.
„Kein Trainer“, hat er gemeint, „aber mindestens ein Dutzend Lindas, sieben allein in Reginas Paradies des Südens, wo sie in der Küche, im Service oder als Go-go-Tänzerinnen im Nachtclub arbeiten.“
Was mich zusätzlich nervlich schwer belastet und worüber ich hier mit keinem Menschen außer dem Trainer sprechen kann, ist der wahre John Smith, der jede Minute in Tres Cruces auftauchen könnte, um seinem mörderischen Handwerk nachzugehen. Was sag ich dem? Wie erkläre ich mich? Oder ist es dann für Erklärungen ohnehin zu spät?

Ich meine, er mag vielleicht nicht mehr in der Oberliga killen, aber in mir hat er nicht einmal einen anständigen Sparring-Partner. Ich wäre ein Jausengegner.
Und wer mag das sein? Ehrlich.

21. DOS BURROS, MEXICO

Die Stunden ziehen wie Wolken aus feinster Zuckerwatte über den tiefblauen Himmel. Und die Luft schmeckt süß, wie auf den Rummelplätzen, die ich als Kind mit meinem Großvater besucht habe. Der Opa hat für Oma rote Papierblumen geschossen und ich hab mir an den kandierten Früchten und gerösteten Nüssen die ersten Plomben ausgebissen.

Und Jahre später dann die Zähne an den gleichaltrigen Mädchen, die immer zu zweit oder zu dritt und immer mit großen Maschen im Haar und wippenden Röcken auf der Suche nach Grünschnäbeln waren, die sie für ein viel versprechendes Lächeln auf eine Fahrt mit dem Sturmboot einluden oder auf eine Runde in der Hochschaubahn. Dann kam meist der große Bruder, eventuell auch in Begleitung von zwei noch viel größeren Cousins. Sie luden die Schönen auf ihre Motorroller und fuhren mit ihnen davon, ins Kino oder auf ein italienisches Eis oder an einen geheimnisvollen Ort namens *Hula Hoop* oder *Chatanooga,* wohin viele ältere Brüder oder Cousins mit ihren Rollern ihre kleinen Schwestern ausführten und wo die Mädchen dann bei schummriger Beleuchtung und abstoßend lauter Negermusik unaussprechliche Dinge taten. Eines der beliebtesten Geheimworte für ihr wüstes, sittenloses Treiben hieß in diesen Tagen: Zungenkuss.

Als ich aus der Vergangenheit in Hondos Hütte zurückkehre, ist der alte Mann nicht da. Ich krieche hinaus ins Freie und es ist schon wieder Nacht. Hondo steht da, auf seinen Spazierstock gestützt, und lauscht hinaus in die schwarze, Angst einflößende Stille der Wüste.
„Sie kommen", sagt er nach einer Weile.
„Wer?"
Hondo fordert mich mit einer gebieterischen Geste auf, den Mund zu halten, und horcht weiter in die Nacht. Ich kann nichts hören, absolut nichts, außer dem tosenden Sturzbach in meinen Ohren und dem Hämmern der Maschine, die das Blut durch meinen Körper pumpt.
„In einer halben Stunde werden sie hier sein", meint Hondo schließlich und kehrt in die Hütte zurück, wo ein großer Topf seines ebenso scheußlichen wie unwiderstehlichen Wüstensüppchens auf der Feuerstelle köchelt. „Sie kommen früher, als ich dachte."
„Sie erwarten Gäste?", frage ich.
„Freunde", sagt Hondo. „Ramon, die *Junkyard Angels* und ihre *conchitas*. Um Mitternacht beginnt der *Día de los Muertos*, und den feiern sie jedes Jahr bei mir in Dos Burros."
„Nun, dann sollte ich mich schön langsam auf den Weg nach Tres Cruces machen", sage ich. „Ich bin zu der Party nicht eingeladen und wahrscheinlich sind Gringos dabei auch nicht erwünscht."
Aber Hondo sieht das anders: „Gringos, die mit dem Puma, dem Adler und der Schlange sprechen, sind uns immer willkommen. Wie nennt ihr das? Esoterik? Das ist eine gute Sache. Ihr habt eure Erleuchtung in der Wüste und ich bekomme zum Beispiel Musik von James Brown. Apropos: Das Fest ist für Fremde nicht gratis. Aber mit noch einer Silberscheibe Musik und einem Satz Batterien bist du mit dabei."
Wenn Hondo wüsste, dass in meinem Kofferraum ein Plastiksack mit zweieinhalbtausend Dollar in bunten, internationalen Scheinen liegt und ich das Geld in Nuevo Laredo kassiert

habe, um diesen Ramon zu töten, würde der alte Mann ganz anders sprechen.
„Ich muss darüber nachdenken, Hondo“, sage ich und gehe hinter die Hütte. Beim Pinkeln kommen mir oft die besten Ideen. Als ich vor dem zirka sechs Meter hohen Kaktus Wasser lasse, halte ich schnell Rücksprache mit Robert und John.
„Robert“, sage ich, „warst du nicht irgendwann, ist schon eine Weile her, zusammen mit John Wayne in einer ganz ähnlichen Situation? Du kriegst dein Opfer quasi auf dem Silbertablett serviert, aber du entscheidest dich dazu, die Gelegenheit nicht zu nützen, sondern auf die Chance zu einem fairen Zweikampf zu warten?“
„Keine Ahnung“, sagt Robert Mitchum. „Du weißt, mein Gedächtnis ist unterm Hund. Aber in deinem Zustand, mein Freund, wirst du keinen fairen Zweikampf kriegen. Du bist sozusagen bereits seit Stunden tot.“
„Danke, Robert“, sage ich. „Und was meinst du, John?“
„Blöde Frage“, sagt John Smith. „Schenk dem alten Apachen den *Motown*-Sampler und gib dir voll die Party mit den Angels. Jetzt Hals über Kopf abzuhauen, würde dich für diesen Ramon nur interessanter machen, als du bist. Er hat sicherlich längst spitzgekriegt, dass ihm ein bezahlter Gringo-Killer auf den Fersen ist. Drum bleib ganz so, wie du bist, dann fällt garantiert kein Verdacht der Welt auf dich. Übrigens, die Nummer mit dem Lama und der Schlange kommt echt cool.“
„Also ich bleibe“, sage ich zu Robert und John.
„Also ich bleibe“, sage ich ein wenig später auch zu Hondo. Fünfundzwanzig Minuten nachdem er mir das Kommen von Ramon und seiner Gang angekündigt hat, höre ich tatsächlich in der Ferne den Lärm vieler auffrisierter Motoren. Bald danach tauchen in der rabenschwarzen Nacht kleine weiße Lichtpunkte auf, die rasch größer und dann zu Scheinwerfern von etwa zwei Dutzend schweren Motorrädern werden. Ramon und die *Junkyard Angels* fallen nicht, wie man das

aus Jack Nicholsons Lehr- und Wanderjahren als Motorrad-Rowdy kennt, mit bestialischem Geheul und mordlüsterner Miene in Dos Burros ein, ganz im Gegenteil, die Maschinen formieren sich und rollen dann in geradezu ehrfurchtsvoller Langsamkeit an Hondos Hütte vorbei. Der alte Mann nimmt mit der ihm eigenen königlichen Würde die Biker-Parade ab, während ich mich, neben dem Eingang der Hütte in eine Decke gehüllt auf dem Boden hockend, ziemlich unsichtbar mache. Nur hin und wieder ein freundliches Kopfnicken in Richtung der wirklich wild und gefährlich aussehenden Gesellen und ihrer weiblichen Begleitung auf dem Sozius.

Keine zwei Stunden später ist in Dos Burros die Hölle los. Die *Junkyard Angels* haben die halb verfallenen Hütten bezogen, auf dem freien Platz zwischen den einstigen Baracken der Bahnarbeiter lodert ein gewaltiges Lagerfeuer mit Barbecue, Plastikkanister mit Tequila und Mezcal machen die Runde und dazu musizieren aus mindestens vier Tonquellen gleichzeitig die Allman Brothers, ein Tex-Mex-Ensemble von lokaler Bedeutung, Stevie Ray Vaughan und James Brown. Letzteren hat Hondo zusammen mit seinem Suppentopf und mir – dem Gringo, der schon seit zwei Tagen zu den Tieren spricht – in das Unterhaltungsangebot eingebracht.

Die *Junkyard Angels* und die Damen in ihrer Begleitung stellen sich, aus nächster Nähe am Lagerfeuer betrachtet, als eine Gruppe von stark tätowierten Menschen heraus, die weder Alter, Herkunft noch Hautfarbe verbinden kann. Denn unter den wüsten Wüstenrittern findet man einen texanischen Kneipen-Pleitier tschechischer Abstammung ebenso wie einen wegen Bankraubes in Kalifornien verurteilten, aber flüchtigen Chicano aus Nogales. Und auch so manche Señorita ist keine solche, sondern – wie etwa Helen, die eigentlich Helene heißt – Ex-Bürgerin der ehemaligen DDR, der das Leben in Halle an der Saale ganz einfach nicht den Kick bieten konnte, den sie sich nach der Wende erwartet hatte.

Und dann ist da Erzengel Ramon, dem mich Hondo sogar persönlich vorstellt. Wir schütteln einander die Hand, dann

sitze ich dem uralten und dem jungen Gauner im Schein des Lagerfeuers gegenüber, sehe mir ihre Gesichter an, als sie leise und in einer mir völlig fremden Sprache miteinander reden, und weiß für einen Augenblick ganz genau: Hondo und Ramon sind ein Fleisch und Blut, sind Großvater und Enkel, Urgroßvater und Urenkel.
Aber ich weiß auch, dass ich sie jetzt nicht danach fragen werde. Ich werde mit Robert und John darüber nachdenken. Auch nicht jetzt. Später. Irgendwann später.
Denn jetzt setzt sich die anmutigste und schönste Frau zu Ramon und Hondo ans Feuer, die ich seit Silvias Tod, und der ist jetzt drei Jahre her, gesehen habe.
„Das ist meine Schwester Linda", sagt Ramon.
„Und er ist der Gringo, der zu den Tieren spricht", sagt Hondo.
„Hi", sage ich.
Und Linda lächelt mich an, dass es keine zwei Minuten dauert, bis ich sie, ganz gegen meine Art, um einen Tanz bitte.
„Kommt drauf an, zu welcher Musik", sagt sie, weil momentan Fats Domino, die lokale Tex-Mex-Conjunto, B. B. King und Tito Y Tarantula dezibelmäßig schwer im Clinch liegen.
„Wenn ich Sie so ansehe, Linda", höre ich mich sagen, „dann würde ich sagen: B. B. King. *Sweet Little Angel*. Und wir hören beide nicht so genau auf den Text."
„Einverstanden", sagt sie, springt lachend auf und reicht mir die Hand.
Dass ich für den Tod ihres Bruders bereits das Akonto kassiert habe, spielt nach unserem ersten Tanz keine Rolle mehr.
Auch bei Mordaufträgen gibt es so was wie ein Rückgaberecht. Muss es geben. Auch von Seiten des Killers. Da ich nicht Mitglied der *Murder Incorporated* bin, weiß ich das nicht so genau. Aber durch die Retournierung der Vorauszahlung müsste die Angelegenheit doch eigentlich storniert und aus der Welt sein.
Denn meine neue Welt heißt Linda.

22. WIEN-FÜNFHAUS

„Irgendwas Neues vom Herrn Trainer?", erkundigt sich der Herr Josef, als er mir das kleine Bier und den großen Fernet hinstellt.
„Nicht direkt, aber wir arbeiten dran", sage ich.
Ich hab den ganzen Tag in der Datenzentrale des Doc zugebracht. Jetzt steht und raucht mir das Hirn. Ich will nur in Frieden meine traditionelle Mischung für die nötige Bettschwere und dann vor dem Fernseher einschlafen. Der Herr Josef hört und sieht mir die Strapazen der letzten Stunden offensichtlich an, denn er zieht sich ohne weitere Fragen in die winzige Küche zurück, wo er mit der Zubereitung seiner legendären Gulaschsuppe beschäftigt ist. Der zarte Duft von gedünsteten Zwiebeln und Knoblauch durchweht das *Rallye*, aber ich werd auch dieses Mal standhaft bleiben und die Spezialität des Hauses nicht versuchen.
Der Legende nach verwertet der Herr Josef darin nämlich auch die Frankfurter und Debreziner, deren Ablaufdatum schon einige Monate zurückliegt, was man den Wurststücken in der Suppe aber nicht ansieht. Auch die feinen Schinkenstreifen sollen, wie man hört, nicht unbedingt den gesundheitspolizeilichen Auflagen entsprechen. Wenn der Herr Josef mehr Toastschinken einkauft, als Schinkentoasts verlangt werden, landet auch der Schinken nach längerer Wartezeit in seinem Suppentopf.

Da ich mir eine Lebensmittelvergiftung im Moment absolut nicht leisten kann, werde ich dem Herrn Josef auch diesmal wieder eine Notlüge auftischen müssen, warum ich seine mit viel scharfem Paprika pikant abgeschmeckte Spezialität nicht verkosten kann. Gastritis, zum Beispiel.
Gastritis ist immer gut.
Apropos: Die Ermittlungsarbeit mit dem Doc schlägt sich mir bereits nach den paar Tagen massiv auf den Magen. Und zwar aus zweierlei Gründen. Zum einen ist Doktor Trash der mit Abstand sturste Hund, den ich kenne, und von einer gnadenlosen Ignoranz und Beharrlichkeit, wenn er sich eine Idee in den Kopf gesetzt hat. Und zweitens glaube ich, dass er in die völlig falsche Richtung ermittelt. Aber glauben heißt beim Doc bekanntlich nichts wissen. Und so musste ich mir heute, nachdem wir das Videomaterial aus Dreikreuz gesichtet hatten, viele Stunden lang Wissenswertes über das Bauprojekt „Martinihof" anhören, das für den Doc der Schlüssel zur rätselhaften Hinrichtung von Roman Schindler ist und das uns auch auf die Spur des spurlos verschwundenen Trainers führen wird.
Sagt er. Weiß er. Oder ist er sich zumindest absolut sicher.
Kurz zusammengefasst verhält es sich mit dem „Martinihof" folgendermaßen (und bitte folgen Sie mir, werte Leserschaft, auch wenn Sie das Thema ebenso wenig interessiert wie mich):
Betreiber der Revitalisierung des alten, verfallenen Gutshofes in der Nähe der burgenländischen Gemeinde Dreikreuz ist die *Gesellschaft für interdisziplinäre Diagnostik* mit Sitz in der Billrothstraße in Wien-Währing. Diese Gesellschaft (kurz: GID) hat auch eine Telefonnummer, die der Doc und ich zirka zwanzigmal angerufen haben. Aber entweder diagnostiziert dort niemand oder es wird so viel diagnostiziert, dass keiner der Mitarbeiter Zeit findet, ans Telefon zu gehen. Finanziert wird die fiktive oder überaus rege Forschungsarbeit der GID jedenfalls von zwei Firmen, die mit Medizin nicht wirklich was am Hut haben, nämlich der *Janus*-Anla-

genberatungs-GmbH (mit weiteren Niederlassungen in der Schweiz, Rußland, Ungarn und Deutschland) sowie der *Gastro Top Austria,* einer Tochter der kinderreichen *Gastro Top International.*
Deren hehres Firmenziel ist es, in europäischen Vergnügungslokalen die amerikanische Kunst des *Table Dance* zu etablieren. *Gastro Top,* erfuhren wir aus dem Internetz, übernimmt die individuelle Adaption jedes Lokals, egal ob Großraum-Disco oder ländlicher Tanzschuppen, zur publicityträchtigen und umsatzfördernden Table-Dance-Attraktion. Und selbstverständlich liefert *Gastro Top* den glücklichen Lizenznehmern seine internationalen Top-Shows mit den tollsten Top-Girls dieses Planeten.
Spätestens an diesem Punkt unserer Ermittlungen witterte der Doc die große Weltverschwörung. Mädchenhandel, nicht genehmigte Versuche an Mensch und Tier, illegale Milliardentransfers von Ost nach West.
„So geht die Welt", sagte ich zum Doc. „Egal, wo du hineinstichst, es kommt nur noch Eiter raus."
„Dein Hang zum Fatalismus ist mir neu, mein lieber Kurt, bringt uns aber auch nicht schneller ans Ziel", sagte der Doc.
„So wird man, wenn man Kabelfernsehen hat und den schweren Fehler macht, nicht nur die Sportkanäle zu nützen", sagte ich.
Dann warf der Doc einen Blick in den zentralen Polizeicomputer, zu dem Normalsterbliche, und dazu gehört auch der Privatermittler, von Rechts wegen keinen Zugang haben. Wer datengeschützte Informationen über das Leben, Lieben und Leiden eines Mitbürgers haben will, muss sich an die zuständigen Beamten des Innenministeriums wenden, bei denen sämtliche vertraulichen Daten käuflich erworben werden können.
Doktor Trash ist aber ein sparsamer Mensch, außerdem ist unser Ermittlungsbudget auch in diesem Fall ziemlich begrenzt, und daher wählte er den ebenso illegalen, aber kos-

tenlosen Weg durch die Hintertür, um an Wissenswertes über Roman Schindler zu gelangen.
Vieles, das der zentrale Polizeiapparat zu seiner Person im Speicher hat, wussten wir bereits: Geboren in Wien. Verstorben in Dreikreuz, Burgenland, an den Folgen von Schussverletzungen, zugefügt von unbekanntem Täter. Volksschule, AHS, Student an der Universität Wien (seit 1995). Führerscheinbesitzer (seit 1993). Fuhr zuletzt einen *Ford Ka,* dunkelblau, mit dem Wiener Kennzeichen W 7631 AK.
Was wir immer schon über Roman Schindler wissen wollten und prompt aus dem zentralen Polizeicomputer erfahren haben: Die Eltern, Mag. phil. Maria und Dkfm. Heinz Schindler, kamen im März 1982 bei einem Lawinenunglück in den Hohen Tauern ums Leben. Roman wuchs bis zu deren Tod im Oktober 1992 bei seiner Großmutter, Karoline Schindler, in Payerbach an der Rax auf, er war ledig, römisch-katholisch, unbescholten, Zivildiener, seit März letzten Jahres gemeldet in Wien-Meidling, Bonygasse 28, hatte ein Studentenkonto bei der Bank Austria, Filiale Meidlinger Hauptstraße, studierte am Romanistik-Institut der Uni Wien das Spanische und war Mitglied folgender Parteien / Parteiorganisationen / Vereine / Verbindungen / Sportklubs etc.: Vier Pfoten, Buchgemeinschaft Donauland, World Wildlife Fund (WWF), Schallplattenclub der Jugend, Österreichisches Rotes Kreuz, Amnesty International, Club Jazzland, Österreichische Gesellschaft für Literatur, Club Ö3, Wiener Städtische Büchereien, Lateinamerika-Institut, SOS-Mitmensch.
„Ein ernster junger Mann also“, versuchte sich der Doc, der wahrscheinlich heimlich *Herzblatt* sieht, in einer ersten spontanen Analyse. „Ein Vollwaise, dem jedes Leben auf Erden am Herzen lag, insbesondere das der Spanisch sprechenden Weltbevölkerung und der vom Aussterben bedrohten Tierarten. Entspannung und Erholung verschaffte er sich durch die Lektüre gehobener bis hoher Literatur sowie den Besuch von Jazzclubs und Rockkonzerten, wo nicht der pure Hedonismus gepredigt wird, sondern der Künstler sozusagen

auch was zu sagen hat. Ein typischer Sting-Fan, der U2 nach *Rattle And Hum* kopfschüttelnd und bitter enttäuscht den Rücken gekehrt hat. Also kein Mensch, den man unbedingt im Burgenland an einen Baum binden und mit drei Schüssen hinrichten müsste, außer er war auch noch Vorsitzender der gefürchteten Geheimorganisation AMKM („Alle Macht den Kuschelmonstern") und als solcher heimlich mit der Vorbereitung einer kuschelweichen Weltrevolution befasst."

Soweit der Doc. Auch er war zu diesem Zeitpunkt bereits rechtschaffen müde.

Wir vertagten auf morgen – *same time, same station* – und gelobten einander, über die heute gewonnenen Erkenntnisse vor dem Schlafengehen noch einmal gründlich nachzudenken.

„Awend", begrüßt der Polifka Rudl zahnlos die Runde, die auch heute wieder nur aus mir besteht. Er betritt das *Rallye,* fast wie ausgemacht, genau zu dem Zeitpunkt, an dem ich vom einfachen Nachdenken nahtlos ins ernsthafte Grübeln geraten wäre.

„Hmm", macht der Rudl und schnuppert. „Dem Josef sein Supperl. Schad, dass i heut scho wos gessen hob. De Girls haben wos kommen lassen vom Chinesen. Knusperndе Ente. Es war afoch ka Gschäft heut. Nix los. Es sparn jo olle schon auf Weihnachten, die Trotteln."

Der Polifka fasst sich den *Kurier*, wankt an seinen Stammtisch und beginnt mit dem Studium des Fernsehprogramms. Der Herr Josef kommt aus der Küche, schenkt dem Rudl sein erstes Achtel ein und stellt mir die Flasche Fernet hin.

„Selbstbedienung", sagt er.

„Moment", insistiere ich schwach. „Warum?"

„Selbstbedienung, außer es gibt was zum besprechen."

„Ich hab heut nix wie nur besprochen", sage ich.

„Aber?", fragt der Herr Josef und widmet sich dann dem Polifka, der den Western-Klassiker *Rio Bravo* im Fernsehprogramm entdeckt hat und wissen will, ob er sich den daheim auch wirklich anschauen kann.

„Ja, Rudl. Der is auf ORF 1, aber erst um drei in der Früh", sagt der Herr Josef.
„Ich kann in der Nacht eh ned schlafen", meint der Polifka, so wie ich ein Opfer der senilen Bettflucht. „Wann die den *Rio Bravo* erst um drei spielen, dann bring mir noch gach ein Achtel."
Auch ich hab die ersehnte Bettschwere überwunden, den nervösen Magen mit Fernet beruhigt bis betäubt und dem Herrn Josef dabei alles berichtet, worüber ich eigentlich noch gründlich nachdenken hatte wollen.
„Kompliziert", meint nun mein Wirt. „Aber mir kommt vor, ich kenn die Gschicht."
„Vom Fernsehen, oder was?"
„Wann komm ich schon zum Fernsehen, Herr Kurt? Nein. Ich kenn den Mörder, der seinem Opfer zuerst ins Knie schießt, danach in den Geschlechtsbereich und schlussendlich in den Kopf, aus dera Gschicht vom Herrn Trainer. Nur handelt das alles in Mexiko. Die rote Mappe!"
„Welche rote Mappe?"
„Die rote Mappe, die Ihnen der Herr Trainer da bei mir gegeben hat. Seinerzeit, wie das mit dem Mumienmörder war, der die vielen Frauen eingemauert hat. Der Herr Trainer hat Ihnen damals die Mappe gegeben, aber sie ist liegen geblieben. Da hab ich halt ein Stückl hineingelesen und dann, als Sie die Mappe mitgenommen haben, haben wir noch länger darüber diskutiert, ob das Leben in Mexiko wirklich so lebensgefährlich ist."
„Keine Ahnung", sage ich. Und gleichzeitig stößt der Fernet Türen zur Vergangenheit auf, die besser verschlossen geblieben wären.
„Kopfschuss?", frage ich den Herrn Josef.
„Genau", sagt er. „Kopfschuss."

23. DOS BURROS, MEXICO

„Ich bin Sängerin. Seit drei Monaten hab ich ein Engagement im *Driskill*, oben in Austin“, erzählt Linda. „Kennen Sie das *Driskill*? Nein? Das ist eines der feinsten und teuersten Hotels in Austin und ganz Texas. In einem der Salons hängen in Gold gerahmte Spiegel aus dem Chapultepec-Palast, in dem der unglückliche Kaiser Maximilian residiert hat.“

„Ich wusste gar nicht, dass Texas einen Kaiser hatte“, sage ich.

Linda lacht.

Wir sitzen vor Hondos Hütte auf einer seiner bunten Decken. Linda schaut sich den Sonnenaufgang an und ich seh mir Linda an, schon seit Stunden, während die *Junkyard Angels* und ihre Bräute zu *96 Tears* um das nur noch glosende Lagerfeuer tanzen.

„Sie haben in der Schule wohl nicht aufgepasst“, sagt Linda. „Texas war lange Zeit Teil des mexikanischen Reiches, war kurze Zeit eine unabhängige Republik und ist seit langer Zeit ein Bundesstaat der USA, in dem, wie überall anders auch, der Geldadel regiert. Viehbarone. Ölbarone. Versicherungsbarone. Hard- und Softwarebarone.“

„Aha. Und für die singen Sie?“

„Genau. Und für ihre internationalen Gäste. In der Hotelbar, in einem weißen Cocktailkleid, mit einer weißen Orchidee im Haar. Das Trio, das mich begleitet, trägt schwarze Smokings, weiße Hemden und schwarze Fliegen und der Flügel des Pianisten ist weiß. Die Musik ist in Wahrheit völlig unwichtig. Du musst wirklich gut sein, wenn du den Job haben willst. Und wenn du ihn hast, ist das erste und wichtigste Gebot, gut auszusehen und mit deiner Musik nicht aufzufallen. Du bist so eine Art schwarzweiße Klangtapete, die den Smalltalk der Gäste untermalt und den Getränkeumsatz ankurbelt. Eigentlich nichts anderes, denk ich mir oft, als ein gut bezahlter Animier-Job, bei dem ich mir das Gelaber der Männer nicht anhören muss und mir kein besoffener Geilspecht zehn Dollar in den Ausschnitt steckt."
Das ist sozusagen Lindas Abendschicht. Tagsüber singt sie im Studio für alles, was ihr die Agentur vermittelt. Einmal sogar Background für Delbert McClinton, das war bisher das absolute Highlight ihrer Karriere. Meistens singt sie Werbe-Jingles, ein frisches „Oh yeah" für Buttermilch von *Miller's* oder einen dämlichen Vierzeiler für einen grindigen Tex-Mex-Pizzaladen in Uni-Nähe.
„Ich kenn mich in der Musikwelt nicht so aus", sage ich, „aber hat nicht jede große Karriere so oder ganz ähnlich begonnen?"
„Ich beklage mich nicht", sagt Linda. „Ich liebe Austin. Ich liebe meinen Job. Und ich singe für mein Leben gern. Aber als Ausländerin muss ich regelmäßig nachweisen, dass ich mit meiner Stimme in den Staaten auch meinen Lebensunterhalt bestreiten kann. Eine Sängerin aus Texas oder Ohio oder Nebraska muss das nicht. Und sie kann, im Unterschied zu mir, auch nicht die Arbeitserlaubnis verlieren und ausgewiesen werden. Sie kann an ihrer Musik arbeiten und muss nicht jeden Scheißjob annehmen, um über die Runden zu kommen. Es war zum Beispiel gar nicht so einfach, die drei Tage Urlaub zu kriegen, um bei Hondos Geburtstag mit dabei sein zu können. Und ich war bisher auf jeder seiner *fiestas*,

seit mich Ramon mitgenommen hat. Beim ersten Mal war ich, glaub ich, dreizehn oder vierzehn."
„Hondo hat heute Geburtstag?"
„Hondo weiß nicht, wann er Geburtstag hat. Er weiß auch nicht, in welchem Jahr er geboren wurde. Deshalb haben wir den *Día de los Muertos* und seine Geburtstagsfeier zusammengelegt. Ein Doppel-Fest. Wir feiern mit den Toten und wir feiern mit Hondo."
Die Feierlichkeiten steuern auf einen frühmorgendlichen Höhepunkt zu, als eine üppige Biker-Braut von zwei Angels auf eine Holzkiste gehievt wird und sich in einer Art Schlangentanz aus ihrer schwarzen Lederhaut schält. Die Festgäste spenden reichlich Applaus und Tequila und geraten in Verzückung, als die Tänzerin ihre enormen Brüste mit Schnaps begießt und beginnt, den Tequila genüsslich von ihren Brustwarzen zu lecken. Zwei Angels krachen bei dem Versuch, zu ihr auf die improvisierte Bühne zu klettern und mitzuspielen, zuerst verbal und dann mit gezückten Springmessern aneinander. Ramon schlichtet den Disput, indem er die beiden Kontrahenten per Kinnhaken in den Sand schickt. Ein weiterer Raufhandel beendet die tänzerische Darbietung, noch ehe die letzten Hüllen gefallen sind. Diesmal streckt Ramon gleich drei seiner Kumpane nieder, weil sie sich nicht darüber einigen können, wer der Schlangentänzerin den Tangaslip bloß mit den Zähnen von den ausladenden Hüften ziehen darf.
„Raue Sitten", sage ich.
„Ein raues Land", sagt Linda.
Sie hat die Disziplinierungsmaßnahmen ihres Bruders mit einem amüsierten Schmunzeln beobachtet und hell aufgelacht, als Ramon zwei Streithähne am Kragen gepackt und mit den Köpfen zusammengestoßen hat. Die beiden hocken nun mit blutenden Nasen im Sand, während Ramon die fast nackte Tänzerin von der Bühne holt und mit ihr in einer der Hütten verschwindet.
„Wo ist Hondo?", frage ich. Der alte Mann hat vor geraumer

Zeit seinen Platz am Lagerfeuer verlassen und war auch während der Striptease-Einlage nicht unter den Zuschauern.
„Der sitzt irgendwo mit den Neuen zusammen und erzählt ihnen seine alten Geschichten“, sagt Linda. „Die Geschichte vom Zugbegleiter, die Geschichte von den zwei Eseln und der Silbermine, die Geschichte, wie Tres Cruces zu seinem Namen kam …“
„Die kenn ich noch nicht“, sage ich.
„Wollten Sie nicht ursprünglich nach Tres Cruces? Hondo hat so etwas erwähnt“, sagt Linda. „Warum ausgerechnet Tres Cruces?“
„Gute Frage“, sage ich. „Ich weiß es nicht.“
Was ja irgendwie auch stimmt, weil ich meinen Auftrag vor ein paar Stunden unwiderruflich zurückgelegt habe und dieses raue Land schleunigst verlassen will. Vielleicht, um mir von Linda die Sehenswürdigkeiten von Austin, Texas, zeigen zu lassen.
„Das Einzige, das eine Fahrt nach Tres Cruces wert wäre, ist der *tezquina* bei Emilio“, sagt Linda.
„Was ist das?“
„Der Maisbranntwein von Emilios Mutter.“
„Mein Bedarf an mysteriösen Wüsten-Drinks ist für die nächsten Jahre gedeckt“, sage ich. „Aber wenn ich schon nicht nach Tres Cruces komme, würde ich doch gern erfahren, wie der Ort zu seinem Namen kam. Erzählen Sie mir doch Hondos Geschichte, Linda. Ich hör so gern Ihre Stimme und ich liebe Ihren Akzent.“
Linda hört das gar nicht gern. Grimmige Skepsis umwölkt ihre Stirn.
„Exoten-Bonus?“
„Blödsinn“, sage ich. „Oder vielleicht auch das. Ich weiß es nicht. Sie verwirren mich. Wir sitzen hier seit Stunden und reden über Gott und die Welt …“
„Ich rede“, korrigiert mich Linda. „Ich weiß nur, dass Sie der *loco* sind, der mit den Tieren spricht. Haben Sie auch einen Namen?“

„Robert“, sage ich, weil mir in der Hitze des Gesprächs nichts Besseres einfällt.
„Hi, Robert.“
„Hi, Linda.“
Schweigen.
Die *Junkyard Angels* haben die Nacht durchgemacht, kommen aber jetzt erst so richtig in Stimmung. Leistungsschau. Sie wanken und torkeln zwar, verfehlen aber nicht die beiden „O“s des verwitterten *Dos Burros*-Schildes über der Tür des vermeintlichen Bahnwärterhäuschens. Sie treffen mit Pumpguns und Revolvern bei jedem Schuss ins Schwarze. Ein Experte erntet Szenenapplaus, als er das mit seinen Wurfmessern schafft, und schlussendlich treten zwei Bogenschützen an, von denen einer gar nicht indianisch aussieht, und platzieren ihre Pfeile punktgenau in der Mitte der beiden „O“s.
Es gibt keine Siegerehrung. Es gibt frischen Kaffee und noch mehr Tequila.
„Sie sind gut“, freut sich Linda. Und ich bin froh, meinen Auftrag storniert zu haben.
„Und wie war das mit Tres Cruces?“, frage ich. „Sie sind mir noch eine Geschichte schuldig, Linda. Wie Tres Cruces zu seinem Namen kam.“
„Durch Escobar-Fraunfeldt, den Arsch von Großgrundbesitzer, der einen Aufstand der Landarbeiter niedergeschlagen hat, indem er ihren Anführer an der Kirchenmauer öffentlich hinrichten ließ. Keine gute Geschichte für eine *fiesta*. Die Dorfbewohner mussten sich vor der Missionskirche versammeln und mitansehen, wie ihr Anführer von einem Kopfgeldjäger und Berufskiller aus dem Norden mit drei Schüssen qualvoll exekutiert wurde. Der Gringo schoss ihm ins Knie, in den Unterleib und erst nach einer langen Pause endlich in den Kopf. Danach ließ Escobar-Fraunfeldt drei goldene Kreuze auf dem Kirchturm anbringen, als Mahnung an die Bauern und *peones*, Gott und ihrem Landesherrn stets ergeben und ehrfurchtsvoll zu dienen. Das war vor mehr als hundert Jahren. Und seit damals heißt das Dorf Tres Cruces.“

„Eine scheußliche Geschichte“, sage ich.
„Aber auch von einer gewissen Zeitlosigkeit“, sagt Linda. „Und zurzeit wieder hochaktuell. Die Hacienda der Escobar-Fraunfeldts ist heute ein Luxus-Hotel und gehört einer amerikanischen Witwe, Regina Grimes, die in ihren drei Ehen so viele Millionen angehäuft hat, dass sie heute die ganze Gegend regiert. Sie kauft alles und jeden. Sie kauft Grund und Boden und sie kauft die Menschen. Wer sich nicht kaufen lässt, dem macht sie das Leben zur Hölle. Auf Ramon hat sie einen Profi-Killer aus den Staaten angesetzt. Der Mann heißt Smith, John Smith. Wahnsinnig origineller Name, was? Aber der Typ ist eine Flasche und keinen Cent seiner Gage wert.“
„Nein?“, frage ich.
„Nein“, sagt Linda und lacht. „Der Idiot sitzt drüben in Tres Cruces bei Emilio und wartet darauf, dass ihm Ernesto seinen Mietwagen repariert. Aber Ernesto hat noch nie in seinem Leben ein kaputtes Auto oder Motorrad zum Fahren gebracht. Ernesto zerlegt die Wracks, die ihm die *Junkyard Angels* vorbeibringen, und verkauft die brauchbaren Einzelteile an seinen Bruder in Monterrey. Und den Wagen von einem Gringo-Arschloch wie John Smith würde er auch dann nicht reparieren, wenn er dazu fähig wäre.“
„Und dieser John Smith sitzt jetzt also in Tres Cruces in der Falle?“, frage ich vorsichtig nach. „Was wird mit ihm geschehen? Ich meine, wird er sterben müssen?“
„Wir alle müssen sterben“, meint Linda.
Ich bitte die Dame meines Herzens, mich kurz zu entschuldigen, und gehe hinter Hondos Hütte, wo ich am Fuße des Sechs-Meter-Kaktus ungestört pinkeln und nachdenken kann.
„Robert! John! Auf ein Wort!“, scheuche ich meine treuen Begleiter aus dem Schlaf. „Ich weiß, es ist noch früh, aber ich brauche euren Rat. Die Lage ist ernst.“
„Wie ernst?“, erkundigt sich Robert Mitchum und blinzelt in die Morgensonne.

„Zu viel Wüstensuppe?“, erkundigt sich John Smith. „Ich hab dich gewarnt.“ Dann dreht er sich um und schläft weiter.
Mag sein, dass ich bei Hondos magischem Gebräu in den letzten zwei Tagen etwas über die Stränge geschlagen habe und auch im Umgang mit Agavenschnäpsen nicht geübt und ausreichend geeicht bin, aber Lindas Geschichten über Tres Cruces und einen Killer namens John Smith sind keiner meiner Visionen entsprungen. Das alles hab ich vor wenigen Augenblicken tatsächlich gehört, vielleicht nicht im Vollbesitz meiner geistigen Kräfte, aber es war Wirklichkeit, vor Hondos Hütte, nur wenige Meter von meinem jetzigen Standort entfernt.
Ich bin John Smith, der Halbpreis-Killer. Und ich bin in Dos Burros auf einer Party der *Junkyard Angels,* die alljährlich zu Ehren von Hondo und den Toten gefeiert wird.
Ein Auftragskiller gleichen Namens, über dessen Preisgestaltung mir nichts bekannt ist, wartet in Tres Cruces auf die Reparatur seines Mietwagens, um danach den Job, den ich zurückgelegt habe, zu erledigen. Dieser John Smith will Ramon töten, hat aber keine Ahnung, dass sein Opfer genauestens über jeden seiner Schritte Bescheid weiß. Der Typ in Tres Cruces ist, wie man hierorts pathetisch meint, dem Tode geweiht.
„Komplizierte Angelegenheit“, sagt Robert Mitchum. „Ist mir in der Form in noch keinem Skript untergekommen. Rein instinktiv würde ich sagen, was meine Großmutter immer gesagt hat: Das eigene Hemd ist mir näher als der eigene Rock.“
„Ich brauch keine Bauernregeln, *amigos*“, wende ich mich an meine Gefährten. „Ich brauch Entscheidungshilfen! Und zwar dalli!“
Aber jetzt schreit Linda, und ich höre die Stimme von Ramon, die sich nach schwerer Drohung anhört, also kehre ich eilig zurück an meinen Platz auf Hondos bunter Decke.
Linda sitzt immer noch da. Ihr Bruder hat die Schlangentän-

zerin im Arm und zischt mich an: „Lass die Finger von meiner Schwester."

„Aber Robert und ich reden doch nur", faucht Linda.

„Robert hat mit dir geredet, die halbe Nacht mit dir getanzt, wiederum mit dir geredet und jetzt will er dich ficken. Und das gefällt mir nicht!"

„*Vamos, mi amor*", sagt die Schlangentänzerin zu Ramon und zieht ihn mit sich fort zur Tequila-Schenke, wo die beiden Bogenschützen vom Messerwerfer und den Revolverhelden gefeiert werden.

Ramon dreht sich um, zeigt auf mich und ruft mir zu: „Wenn Linda wegen dir auch nur eine Träne vergießt, dann bring ich dich um! Und ich finde dich überall, *gringo*!"

„Früher waren die *fiestas* irgendwie entspannter", meint Linda und lehnt sich an meine Schulter.

„Man wird älter", sage ich.

„Komisch", sagt Linda und drückt meine Hand. „Ich bin hier geboren und aufgewachsen, aber ich fühl mich in Austin daheim."

Ramon und die üppige Schlangenfrau tanzen um Hondos Suppentopf. Der Messerwerfer sitzt traurig da und wartet auf Skorpione und Schlangen. Die Bogenschützen haben sich mit ihren *conchitas* in die Hütten verzogen. Der wache Rest der Angels und ihre Ladies trinken Kaffee.

„Ich würde dich jetzt wahnsinnig gern küssen", sage ich.

„Was spricht dagegen?", meint Linda.

„Hmm", sage ich.

Bruder Ramon fällt mir ein, und noch ein John Smith.

Und dann versinke ich in ein Meer aus Knoblauch, Milch und Honig.

24. WIEN-FÜNFHAUS

„Wie wär's im *Rallye*?", sage ich.
„Okay. Sagen wir so gegen neun", meint Melanie. „Und was die Programmgestaltung des späteren Abends angeht, deine Jean-Seberg-Fotos kenn ich schon. Also lass dir was Neues einfallen, mit dem du mich beeindrucken kannst. Ciao, Ciao."
„Bis später", sage ich. Aber Melanie hat bereits aufgelegt.
Ihre Telefonstimme hörte sich quietschvergnügt und ganz besonders unternehmungslustig an, mit einem leisen Hauch von ironischer Distanz.
Es ist halb zwölf an einem Allerheiligentag, der dem passionierten Friedhofsbesucher nichts schuldig bleibt. Für die Frühaufsteher hielt er ein feines Nebelreißen bereit, das im Laufe des Vormittags in Nieselregen bei auffrischendem Westwind überging. Gegen die kilometerhohe Wolkendecke, die er über die Stadt schiebt, hat die Sonne nicht die geringste Chance. Sie haut den Hut drauf, nimmt sich den Rest des Tages frei und rät Menschen wie mir, die im Halbdunkel ihrer Wohnungen hocken, vom elektrischen Licht Gebrauch zu machen.
Also lege ich das weiße Hörerdach zurück auf das himmelblaue 57er-Chevy-Telefon, knipse sämtliche Lampen an und warte auf Erleuchtung: Wo ist die rote Mappe des Trainers geblieben, die entscheidende Hinweise auf den Grund seines

Verschwindens und die Hinrichtung des jungen, engagierten Tier- und Menschenfreundes Roman Schindler enthält?
Ich hab letzte Nacht und – nach nur drei Stunden extrem unruhigen Schlafs – bereits den halben Vormittag auf der Suche nach der Mappe meine Bude auf den Kopf gestellt, massenhaft Trümmer aus der Vergangenheit geborgen, die meisten in einem 110-Liter-Müllsack entsorgt und war danach einer handfesten November-Depression näher als je zuvor in meinem Leben.
Vor zirka zehn Minuten hab ich dann beschlossen, der aufkeimenden Trost- und Ratlosigkeit mit Verve und Vehemenz entgegenzutreten, indem ich Melanie anrief.
Der Kraftakt hätte auch ins Auge gehen können. Aber Melanie schien ehrlich erfreut über meinen Anruf, obwohl sie gerade mit einem kleinen Drachen beim Morgensport war.
„Dann will ich nicht länger stören“, sagte ich.
„Du störst überhaupt nicht, Kurtl“, meinte sie, etwas außer Atem. „Gib mir noch drei Minuten, dann haben wir's endlich geschafft. Ich ruf dich zurück.“
„Großartig“, sagte ich und legte auf.
Ich hatte drei Minuten Zeit, mir Melanies kleinen Drachen vorzustellen und was der Typ mit ihr an einem grauen, regnerischen Allerheiligenmorgen so alles anstellt, unter der Daunentuchent, unter der Dusche, auf dem Küchentisch oder auf dem Vorzimmerteppich. Drachen sind, wie man weiß, höchst phantasiebegabte Wesen und Melanie ist das auch. Davon konnte ich mich vorletzte Nacht ansatzweise überzeugen.
Als der himmelblaue Chevy nach drei Minuten nicht hupte, erhob die November-Depression erneut ihr hässliches Haupt und krähte: „Was hast du dir anderes erwartet? Sie ist blutjung und bildhübsch, blitzgescheit und auf eine liebenswerte Art exzentrisch. Und was bist du, oh Kurt? Was hat ein alter Depp in diesem jungen, blühenden, aber auch reichlich komplizierten Leben der Melanie Echsner zu suchen? Dein Platz ist auf der Bühne mit den Herrn von der Kombo, beim Wir-

ten mit den Herrn von der Kombo und deinen fragwürdigen Freunden und daheim auf der Bettbank, – allein. Das ist dein Leben, Kurt. Und weil dieses Leben ein Trauerspiel ist, singst du so überzeugend den Favorit'n'Blues. Also lass die Kleine mit ihrem kleinen Drachen glücklich werden. Das Glück, das sie in ihrem Leben braucht, kannst du ihr nicht geben."

Nach vier Minuten und dreiundzwanzig Sekunden hupte der Chevy.

„Ostbahn."

„Melanie." Ziemlich außer Atem. „Geschafft. Wir sind im nächsten Level!"

„Großartig", sagte ich.

„Kennst du *Spyro*?"

„Nicht persönlich", sagte ich. „Aber der Typ nimmt dich ordentlich her. Macht er das jeden Morgen?"

„Sieben Mal die Woche, gleich nach dem Zähneputzen und dem ersten Kaffee", lachte Melanie. „An Sonn- und Feiertagen haben wir mehr Zeit. Da muss ich nicht in die Redaktion und kann mich so richtig austoben."

„Und warum rufst du mich dann zurück?", fragte ich Melanie, weil ich mich fragte, welches grausame Spiel da mit mir getrieben wird.

„*Spyro* fliegt gerade", meldete Melanie.

„Kann ich mir gut vorstellen."

„Wir sind jetzt auf einem Level", erklärte sie mir freudig erregt, „wo er nicht nur gleitet, sondern richtig abheben und fliegen kann."

„Wunderbar, Melanie, aber ich hab dich eigentlich angerufen, weil ich mit dir noch einmal über den Trainer reden wollte."

„Kein Problem", sagte Melanie. „Bleib einen Moment dran, ich mach nur rasch die *Playstation* aus. *Spyro* muss in sein Drachenbett."

25. TRES CRUCES, MEXICO

Der Duke ist heute hoch zu Ross.
Es gibt Leute, die haben ganz einfach ein Cowboyhut-Gesicht, ein Verspiegelte-Sonnenbrillen-Gesicht, ein Die-kalte-Zigarillo-im-Mundwinkel-Gesicht, und diese Leute machen auf dem Pferderücken auch noch im Pensionsalter und mit einem steifen Bein eine glänzende Figur.
„Hi, John", sagt der Duke und schwingt sich vor Emilios Hütte aus dem Sattel. „Ich muss mit dir reden. Aber nicht jetzt. Du siehst ja ..."
Er deutet auf sein Gefolge, das mehr als matt in Tres Cruces einreitet. Die acht Damen und Herren tragen Wildwest-Kostüme, die aus dem Fundus eines nie gedrehten Wyatt-Earp-Musicals stammen könnten, haben eindeutig keine Cowboyhut-Gesichter und machen zu Pferde einen eher jämmerlichen bis bedauernswerten Eindruck.
„Computer-Fuzzis aus New York City", brummt der Duke und wischt sich mit einem karierten Taschentuch den Schweiß vom Nacken. „Drüben im *Paraiso* haben wir noch mehr davon. Die dreißig erfolgreichsten Verkaufsleiter eines Software-Giganten, die von der Firma zur Belohnung an die frische Luft geschickt wurden. Drei Tage Mexiko aus der Fünf-Sterne-Perspektive."

Der Duke geht seinen Schützlingen beim Einparken der Pferde zur Hand, hilft den Damen aus dem Sattel und beantwortet geduldig deren dringende Anfragen nach Toiletten oder Badezimmern, in denen man sich frisch machen kann, für die (in der Wüstenritt-Pauschale inbegriffene) original mexikanische *jause* in einer original mexikanischen *cantina*.

„Tut mir Leid, meine Damen, aber Tres Cruces ist noch nicht an die New Yorker Kanalisation angeschlossen“, scherzt der Duke. „Sie müssen sich also mit den bescheidenen Örtlichkeiten im Hof links hinterm Haus begnügen.“

Sieben Reiter finden diese vorsintflutlichen Zustände amüsant, kurios, pittoresk, romantisch, irgendwie aufregend, in jedem Fall aber erfrischend rustikal.

Nur ein blasser kleiner Mann, der nicht nur wegen seiner großen Hornbrille und den nervösen, zappeligen Bewegungen daheim in Manhattan garantiert mehrmals die Woche für Woody Allen oder dessen jüngeren Bruder gehalten wird, ist mit Tres Cruces, dem Reitausflug und ganz Mexiko unzufrieden. Er klagt über Bauchkrämpfe, Kopfschmerzen, die Affenhitze, sein Pferd, das ihn vorhin beinah abgeworfen hätte, weil es einer Klapperschlange ausweichen musste, und über dieses Wüstenkaff, das die Lebens- und Farbenfreude vermissen lässt, die Mexiko zu einem der bevorzugten Urlaubsziele des Nordamerikaners gemacht haben.

Der Duke versucht den Querulanten mit dem Versprechen in Emilios Gaststube zu locken, dass hier der beste Tequila und Mezcal Mexikos gereicht wird, mit Zitrone und Salz, mit Orange und Zimt, und das in Quantitäten, die einen den strapaziösen Ritt zurück ins *Paraiso del sur* ganz rasch vergessen lassen.

„Ich trinke nicht, Mister Duke!“, empört sich der achte Reiter. „Ich habe noch nie in meinem Leben getrunken und Mexiko wird daran nichts ändern!“

Der Duke kapituliert mit einem ebenso höflichen wie warnenden Tippen an seine Hutkrempe und räumt wortlos das

Feld. Als echter Westener vom alten Schlag ist er für den Job eines berittenen Reiseleiters eindeutig überqualifiziert.
Der achte Reiter will ihm aufgebracht nach in Emilios Gaststube, doch dann fällt sein Blick leider auf mich: Ich sitze auf einer bunten Decke von Emilios Mutter im Schatten vor dem Haus, weil man bei diesen Temperaturen in der zweiten Tageshälfte eigentlich nix anderes tun kann, als im Schatten zu sitzen, möglichst wenig nachzudenken und auf den Sonnenuntergang zu warten.
„*¡Señor!*“, wendet sich der kleine Reiter an mich. Er streckt mir seine Hand hin. „Davies. Samuel Davies. Sie sind doch von hier?“
„Kann man so nicht sagen.“
„Aber Sie verstehen, was ich diesem offenbar senilen Ungetüm sagen will, oder?“
„Kurt“, sage ich und schüttle Samuel Davies die schweißnasse Hand. „Ich hab nur mitgekriegt, dass Sie überzeugter Antialkoholiker sind, Sam. Mit dieser Überzeugung kommen Sie hier aber nicht weit. Sie kriegen Bauchkrämpfe vom scharfen Essen, Kopfschmerzen von der Hitze und Panik-Attacken wegen der vielen giftigen Tiere. Mein persönlicher Tipp: Geben Sie sich einen Ruck, gehen Sie rein an die Bar und fragen Sie Emilio, den Wirt, nach seinem Spezial-Mezcal. Nach drei, vier Gläsern werden Sie Tres Cruces lieben.“
„Das werde ich ganz bestimmt nicht tun, Mister!“, bleibt Samuel Davies standhaft auf Trockenkurs. „Was ist das hier überhaupt? Eine Filmkulisse nach Drehschluss? Wo sind die Mexikaner, die hier angeblich leben? Das Dorf ist wie ausgestorben.“
„Die Leute sind am Friedhof. Hören Sie die Musik, Sam? Sie essen, trinken und feiern eine Party mit den Toten.“
„Mit welchen Toten?!“
Sam Davies nimmt seinen übergroßen Hut ab und fächelt sich kühle Luft ins von Schweiß bedeckte Gesicht, auf dem nun nervöse rote Flecken sichtbar werden. „Grassiert hier

etwa eine Seuche? Die Cholera, die Amöben-Ruhr? Ich bin wahnsinnig anfällig und empfindlich, besonders was die Hygiene in der Küche und in den Nassräumen betrifft."

„Keine Sorge, Sam", sage ich, weil ich auf einmal weiß, was der hysterische kleine Mann hören will. „Es gibt keine Seuche. Und die Leute aus Tres Cruces feiern am Friedhof mit ihren verstorbenen Angehörigen, weil heute der Totentag ist. Also entspannen Sie sich, naschen Sie ein wenig vom kalten Buffet und lassen Sie sich den Tipp mit dem Mezcal noch einmal durch den Kopf gehen. Das ist ein medizinischer Ratschlag, Sam."

„Sie sind Arzt, Mister … äh?"

„Kurt. Sozialmedizin und Musiktherapeut."

„Wie aufregend", findet Sam. „Stört es Sie, wenn ich mich einen Augenblick zu Ihnen setze? Ich wollte immer Arzt werden, aber es hat leider nicht gereicht, weder finanziell noch vom Notendurchschnitt …"

„Nicht bös sein, Sam, aber ich halte gerade *siesta* und bin nicht im Dienst. Mein Tipp war gratis und jetzt muss ich meine Ruhestunde fortsetzen, übrigens eine der gesundheitlich wichtigsten Tätigkeiten in diesem schönen, aber auch heißen Land."

„Ruhestunde", nickt Samuel Davies beeindruckt. „Dann will ich nicht weiter stören, Doktor Kurt."

Der kleine Quälgeist verschwindet endlich in der *cantina*, aber der Nachmittagsfriede hält nicht lang. Emilio kommt, üble Verwünschungen murmelnd, aus seiner Gaststätte. Er muss die Oma vom Friedhof holen, weil die verfluchten Gringos aus dem *Paraiso* plötzlich Sonderwünsche haben. Mit dem Duke war eine kalte Jause für neun Personen vereinbart, aber die Herrschaften aus New York haben von der Bewegung an der frischen Luft einen Bärenhunger und jetzt soll die Oma so richtig aufkochen. Das bringt der Familie zwar Extradollars, aber mit der Oma ist nicht zu spaßen, wenn sie auf der Friedhofsparty bereits zu viel getankt hat.

„Die stellt den Gringos einen Topf *machaca* hin, dagegen waren die *chilaquiles,* an denen du beinah gestorben wärst, *loco*, so mild wie Babyfutter! Und wer ist schuld, wenn den Arschlöchern danach eine Woche lang der Hintern brennt? Ich bin schuld! Emilio ist schuld! Emilio muss sich mit dem Duke hinstellen, oder mit *Señora* Regina höchstpersönlich, und muss sich sagen lassen, dass die vornehmen Gäste über Emilios Höllenfraß geklagt haben, weil er ihre Darmflora auf Jahre zerstört hat! Und Emilio muss sich Drohungen anhören, dass der Wüstenritt des *Paraiso* nicht mehr nach Tres Cruces führen wird, wenn noch einmal diesbezügliche Reklamationen kommen, sondern nach San Isidro zu Miguel, diesem Arschkriecher und Schleimscheißer, der seit drei Wochen einen chinesischen Koch in der Küche stehen hat, weil ihn der billiger kommt als eine eigene Familie!"

Emilio erwartet keine tröstenden Worte. Er stapft fluchend davon in Richtung Friedhof, auf dem soeben *La Paloma* gesungen wird, jene ewige Melodie, mit der auch Maximilian I., der mexikanische Kaiser österreichischer Provenienz, sein glückloses Dasein auf Erden beendet hat.

Ich bin noch mit der Verarbeitung von Emilios gastronomischen Problemen beschäftigt, als sich mit dem langen breiten Schatten des Duke der nächste Konflikt ankündigt.

„Wusste gar nicht, dass Tres Cruces neuerdings einen eigenen Dorfarzt hat, John", sagt der Duke.

„Hat das Rezept angeschlagen?", erkundige ich mich.

„Kommt drauf an. Der kleine Sam frisst da drinnen wie ein Kutscher und säuft Mezcal wie ein Loch. Entweder er krepiert mir auf dem Rückritt im Sattel oder er wird durch dich ein neuer Mensch."

„Wem darf ich meine Honorarnote schicken?"

Der Duke lacht und das hört sich an wie das Knarren eines alten Bretterbodens.

„Apropos Honorarnote", sagt der Duke und ist ganz plötzlich ganz ernst. „Ich muss morgen rauf nach San Antonio. Wenn ich dir einen gesundheitlichen Rat geben darf, John oder

Kurt oder wie auch immer du heißt: Vergiss deinen Mietwagen und komm mit mir!"
„Im Hubschrauber?"
„Da bringen mich keine zehn Pferde rein. Nein, wir nehmen die Limousine. Und wir schauen in Nuevo Laredo bei Alfonso vorbei, der sich bestimmt mächtig freuen wird, dich und die zweitausendfünfhundert Dollar wiederzusehen."
Ich hab gleich gewusst, es gibt Probleme. Man kann nicht einfach nach Mexiko fahren, um den Trainer und eine gewisse Linda zu suchen, in der Wüste eine Panne mit dem Mietwagen haben, sich zu Fuß in die nächste menschliche Ansiedlung retten, dort für einen Auftragskiller namens John Smith gehalten werden, der Auftraggeberin in ihrem Luxushotel als ein John Smith aus Vivien Naustria gegenübertreten und schließlich auf Anraten eines alten Cowboys den Auftrag, den man nie angenommen hat, weil man ja kein Auftragskiller ist, wieder stornieren und nach Hause fahren. Das kann man in Mexiko einfach nicht tun. Da kriegt man unweigerlich Probleme.
„Was ist das Problem?", erkundigt sich der Duke, weil ich die längste Zeit schweige.
„Das Problem ist sozusagen komplex", sage ich. „Erstens bin ich nicht John Smith, zweitens frage ich mich eigentlich minütlich, wann der echte John Smith in mein Leben tritt, um es mit einem Kopfschuss auszulöschen, und drittens hab ich keine zweieinhalbtausend Dollar, die ich dem mir nur aus Emilios Erzählungen bekannten Alfonso, seinem Bruder und Nachtportier in Nuevo Laredo, aushändigen könnte."
„Klar bist du nicht John Smith", brummt der Duke. „Wer heißt schon gern John Smith? Ist fast so schlimm wie John Doe. Aber den Rest kapier ich nicht. Wenn es um das Geld geht, John …"
„Kurt. Kurt Ostbahn."
„Ist das finnisch?"
„Ich komme aus Vienna, Austria. Das ist in Europa, und ich bin nicht hier, um diesen Ramon, offenbar einer der letzten

Desperados des Nordens, gegen Honorar umzubringen. Ich bin Musikant und unbewaffnet. Ich hab nur, wie du weißt, einen Mann namens Trainer und eine gewisse Linda gesucht. Und der ganze Rest ist unglücklich gelaufen."
Der Duke kratzt sich längere Zeit hinter seinem rechten Ohr. „Kennst du die Allman Brothers Band, Kurt?", fragt er dann überraschend.
„Klar kenn ich die Allman Brothers", sage ich. „Wir haben mindestens fünf Allmans-Nummern auf Platte und im Live-Programm, oder vielleicht auch mehr, aber das weiß nur der Trainer ganz genau."
„Ich hab für die Allmans gearbeitet, drüben in Juliette, Georgia, auf ihrer Farm, das muss so um 1972/73 gewesen sein, nach Duanes' Motorradunfall und *Eat a Peach*, und sie hatten damals mindestens zwanzig wirklich edle Pferde. Aber niemand hat sich richtig um sie gekümmert, außer Dickey Betts, seine Squaw, Sandy Blue Sky und ich. War eine komische Zeit, damals. Nicht ganz mein Ding, aber irgendwie auch okay. Egal. Darüber können wir uns morgen während der Fahrt unterhalten. Morgen um acht. Ich hol dich ab, Kurt."

26. WIEN-FÜNFHAUS

Es ist kurz nach neun und im *Rallye* herrscht Hochbetrieb. Im Hinterzimmer flippern drei Burschen, die nur dann beim Herrn Josef vorbeischauen, wenn alle anderen Lokale in der Umgebung wegen eines hohen kirchlichen Feiertags geschlossen haben. Zu Ostern, zu Pfingsten, an Fronleichnam und zu Allerheiligen. Aber der Herr Josef legt ohnehin keinen großen Wert auf ihren Besuch. „Zwei Cappy g'spritzt und ein Cola in drei Stund", meint er. „Das is keine Kundschaft."

Der alte Herr Kaiblinger ist auch da und löffelt schon den zweiten Teller Gulaschsuppe. Er war den ganzen Tag auf den Beinen, zuerst am Südwest-Friedhof am Grab seiner Frau, dann am Zentralfriedhof am Grab seines Bruders und der Schwägerin und schließlich am Baumgartner Friedhof, wo der Kaiblinger selbst einmal liegen wird, wenn ihn der Petrus zu sich gerufen hat, in einer Gruft neben seinem Sohn, dem Werner, der vor vierzehn Jahren an Blutkrebs gestorben ist. Das erzählt er nun schon zum dritten Mal dem Polifka Rudl, der an seinem Stammtisch bei einem Achtel Rot über dem Fernsehprogramm brütet und hin und wieder „Na, geh" und „Is ned wahr" sagt, um dem Kaiblinger nicht das Gefühl zu geben, mit der Wand zu reden. Wegen Allerheiligen hat die Peepshow heute Ruhetag, und weil es im Leben des Polifka Rudl keine Verwandtschaft gibt, deren Gräber er in Wien besuchen könnte, sitzt er schon seit dem frühen Nachmittag im *Rallye*.

„Sein Zustand ist ernst“, kommentiert der Herr Josef. „Es gibt keinen alten Film im Fernsehen, auf den er sich freuen könnt. Seine Frau, hat er mir vorhin erzählt, liegt in Schwertberg in Oberösterreich, dabei liegt sie in Kindberg in der Steiermark. Und außerdem …“ Der Herr Josef wendet sich an Melanie, die sich soeben auf den Barhocker neben mir schwingt und dabei sehr viel Bein zeigt, „außerdem hat der Rudl das Kommen der bezaubernden jungen Dame gar ned registriert, wo er Ihnen vorgestern um die Zeit doch so viele Komplimente gemacht hat, von denen kein einziges übertrieben war!“

Dafür lässt es sich heute der Herr Josef nicht nehmen, eine galante Verbeugung anzudeuten und Melanie sein charmantestes Lächeln zu schenken.

„Was darf's denn sein, gnä Frau?“

„Melanie. Ich nehm ein Achtel Weiß.“

„Aber bitte vom bessern“, sage ich.

Der Herr Josef straft mich dafür mit einem Giftblick.

Als Melanie und ich auf den Trainer anstoßen, dem wir letztendlich auch dieses zweite Rendezvous verdanken, läutet das Telefon.

„Herr Kurt! Für Sie!“, sagt der Herr Josef und hält mir den Hörer hin.

„Bin schon weg oder noch nicht da“, sage ich leise.

„Aber es is der Herr Trainer!“

„Trainer, bist du es?“, plärre ich eine Zehntelsekunde später in die Muschel.

„Es is wirklich ned schwer, dich zu finden, Kurtl. Entweder du bist im *Rallye*, beim *Quell* oder daheim vorm Fernseher. Das nenn ich ein geregeltes Leben“, kommt die Trainerstimme gut gelaunt und bester Dinge aus dem Apparat. „Es is Folgendes: Ich brauch dringend die zwanzig Blauen, die du mir borgen wolltest.“

„Trainer! Bist deppert, oder was?“, ist alles, was mir in der ersten Aufregung einfällt. Melanie und der Herr Josef schauen mir gebannt beziehungsweise mit hochgezogenen Augenbrauen zu, wie ich mich weit über die Theke beuge, eine Marlboro aus der Packung meines Stammwirten fische und mit hektischen Handzeichen um Feuer bitte.

„Ganz im Gegenteil", lacht der Trainer, dem der Ernst der Lage offenbar völlig entgangen ist. „Der Kopfschuss steht, Kurtl! Und wir fliegen nach Teneriffa! Der Roman, du und ich!"

Melanie hat ein schwarzes Bic-Feuerzeug aus ihrem kleinen Lederrucksack geholt und der Herr Josef ein giftgrünes aus den Taschen seines weißen Arbeitsmantels. Beide wollen mir Feuer geben, aber ich hab die Marlboro längst vergessen.

„Von welchem Kopfschuss sprichst du, Trainer, und von welchem Roman?", frage ich.

„Vom Roman, der das Treatment für die Fremdenverkehrs- und Filmbehörde ins Spanische übersetzt hat und auf Teneriffa für uns dolmetschen wird."

„Roman Schindler?"

„Bingo", lacht der Trainer.

„Roman Schindler ist tot, Trainer", sage ich.

„Kann nicht sein", plaudert er weiter. „Wir sind vor einer halben Stunde aus Payerbach zurückgekommen und er sitzt jetzt mit einem Gösser bei mir im Wohnzimmer und schaut sich *Bring mir den Kopf von Alfredo Garcia* an. Stimmt's, Roman?"

Im Hintergrund ist der Fernsehton zu hören und eine männliche Stimme fragt: „Was?"

„Hör mir zu, Trainer: Roman Schindler wurde im Burgenland erschossen. Also kann er sich bei dir nicht *Bring mir den Kopf von Alfredo Garcia* anschauen. Das war Melanie Echsner, die sich bei dir *Bring mir den Kopf von Alfredo Garcia* angeschaut hat, und zwar an dem Tag, als du verschwunden bist. So schaut's aus."

„Sam Peckinpah", meldet sich der Polifka Rudl von seinem Stammtisch. „Spitzenfilm."

„Woher kennst du die Melanie?“, fragt der Trainer nicht mehr ganz so euphorisch.
„Vom Doc“, sage ich.
„Und woher kennt der Doc die Melanie?“
„Keine Ahnung. Vergessen. Tatsache ist aber, dass sich in deinem Wohnzimmer gerade ein Toter einen Videofilm anschaut und dabei ein Gösser trinkt. Darüber sollten wir reden, Trainer. Und zwar jetzt gleich!“
„Könnte es sein, dass du irgendwelche komischen Drogen nimmst, Kurtl?“, erkundigt sich der Trainer, einen Anflug von Besorgnis in der Stimme.
„Nein“, sage ich. „Aber ich bin trotzdem kurz davor, den Verstand zu verlieren. Drum pack deinen lebenden Toten in deine froschgrüne Rostlaube und komm her. Wir warten!“

27. DOS BURROS, MEXICO

Es gibt Tage, an denen fühlt man sich, sobald man die Augen aufschlägt, von Gott und der Welt verlassen. Als ich in Hondos Hütte aufwache, vermisse ich weniger Gott und diese Welt als vielmehr einen beträchtlichen Teil meines Kurzzeitgedächtnisses und ein engelsgleiches Wesen namens Linda.

Sie ist ganz einfach weg, als wäre sie tatsächlich nicht von dieser Welt, bloß eine Geisterscheinung, eine Halluzination, eine Fata Morgana. Kein Zettel mit ihrer Adresse oder Telefonnummer in Austin, Texas, keine nette kleine Botschaft zum Abschied, kein Papiertaschentuch mit dem Abdruck ihres kirschroten Kussmundes, keine seidenweiche, pechschwarze Locke ihres Haares auf dem leeren Kissen neben mir. Keine Spur von Linda, rein gar nichts.

„Hondo!“, rufe ich.

Aber der Alte antwortet nicht.

Er sitzt vor seiner Hütte und starrt in die Ferne.

Verständlich.

Denn Dos Burros sieht an diesem frühen Morgen aus wie eine Deponie vor der Erfindung der Mülltrennung: Weißglas und Buntglas in Form von Schnaps- und Weinflaschen, diverse Kunststoffe in Form von Benzinkanistern, Fleischtassen,

Plastikfolien, (gebrauchten) Kondomen, Verpackungsmaterial, Mineralwasserflaschen, Schaschlik- und Cocktailspießchen, Nylonsaiten, Limonadepäckchen, Strumpf- und Unterhosen, Alufolien sowie Bio-Müll in Form von Hühnerknochen, Schweineknochen, Salatblättern, Chilischoten, Zwiebelschalen, Knoblauchzehen, Kartoffel-Chips, Maiskörnern, Wurstresten, Avocadokernen und Erbrochenem bedecken den Wüstenboden, auf dem Ramon und seine *Junkyard Angels* bis vor kurzem den alten Hondo und die Toten gefeiert haben.

„Und den ganzen Dreck haben sie dem Opa dagelassen", denke ich mir, obwohl Umweltschutz im Allgemeinen und korrekte Müllentsorgung erst recht nicht so meine Themen sind.

„Irgendwie kein schöner Zug von Ramon und seinen Freunden, eine solche Sauwirtschaft zu hinterlassen", sage ich zu Hondo.

„Kein Problem", meint Hondo, „ich hab ein Jahr Zeit, ihren Mist im Sand zu vergraben. Und was weiß man, vielleicht wächst daraus was Neues? Chilis, Avocados oder ein fettes Schwein? Hast du die Spareribs gekostet, *amigo*? Nein? Die waren *muy rica*, wirklich ein Gedicht!"

„Wo ist Linda?", frage ich den alten Mann, der meinen umwelttechnischen Überlegungen anscheinend nicht folgen will.

„Linda? Wer ist Linda?"

„Ramons Schwester."

„Ramon hat viele Schwestern", meint Hondo. „Ich glaube, es sind acht oder neun."

„Ich meine Linda, die in Austin, Texas, lebt und dort als Sängerin arbeitet. Ich hab die halbe Nacht mit ihr getanzt und geredet, Hondo, und ich hab sie geküsst und dann weiß ich nicht, was mir passiert ist. Ich weiß es wirklich nicht, aber mein Herz sagt mir, dass ich mit Linda die schönste Nacht meines Lebens verbracht habe. Und ich will diese wundervolle Frau wiedersehen, sie eventuell heiraten und mit ihr Kinder kriegen. Also wo ist Linda?!"

„Fort", sagt Hondo. „Sie sind alle fort. Ramon, die *Junkyard Angels* und all ihre *putas* und Lindas."
„Was soll die Scheiße, Hondo?", werde ich plötzlich laut und packe den alten Mann an den knochigen Schultern, die sich unter seinem Hemd anfühlen wie aus hauchdünnem Sperrholz. *„Perdón.* Das wollte ich nicht."
„Du solltest besser aufbrechen und weiterziehen", sagt Hondo, steht auf und kehrt am Stock zurück in seine Hütte.
Als ich meine Sachen gepackt habe und raus in den Wagen tragen will, starte ich noch einen letzten Versuch, wieder mit Hondo ins Gespräch zu kommen.
„Ich mach mich auf den Weg. Und ich danke dir, Hondo. Ich danke dir für alles. Und ich entschuldige mich für meine Grobheit vorhin. Ich mach mich jetzt auf den Weg zu Linda."
Der alte Mann ist mit dem Putzen und Kleinschneiden von Pilzen beschäftigt, die bekanntlich nicht in der Wüste, sondern in eher feuchten und waldreichen Regionen sprießen und gedeihen.
„Du wirst diese Linda nicht wieder finden", sagt er. „Sie ist fort."
„Wohin?"
„Wohin der Wind sie trägt."
„Wie meinst du das, Hondo?"
„Geh deinen Weg und du wirst es erfahren", sagt der alte Mann und wünscht mir eine gute Fahrt.
Als ich die Reisetasche im Kofferraum meines Miet-Chevys verstauen will, klemmt das Schloss. Da wurde dran manipuliert. Als der Kofferraum dann endlich aufspringt, ist der *Samsonite* noch an seinem Platz, aber der Plastiksack mit den zweitausendfünfhundert Dollar in diversen Währungen, die ich in Nuevo Laredo dem Hotelportier zurückerstatten wollte, ist weg.
„Hondo!", rufe ich.
Aber für den alten Mann bin ich nicht mehr hier, sondern auf meinem Weg.

28. WIEN-FÜNFHAUS

Als zirka eine halbe Stunde später der Trainer mit Roman Schindler eintrifft, der für ein Mordopfer einen ziemlich lebendigen und agilen Eindruck macht, und bald danach auch Doktor Trash mit schwarzen Ringen unter den Augen und einer schwarzen Aktentasche unterm Arm, bedeutet das für das *Café Rallye* den heurigen Besucherrekord.
Der Herr Josef stellt für das Gipfeltreffen die zwei Tische neben der antiken Jukebox zusammen und erlaubt sich, die erlesene Runde aus kurzzeitig verschollenen beziehungsweise totgeglaubten Personen, privaten Ermittlern und einer Muse namens Melanie auf ein Schnapserl einzuladen. Er hätte da ganz was Feines, und zwar von der Vogelbeere.
„Super", sagt der Trainer.
„Später", sagt der Doc und übernimmt damit ungefragt den Vorsitz. „Wir haben zu arbeiten!"
Ich hatte gleich nach dem Anruf des Trainers versucht, den Doc zu erreichen, aber in seinem Datenheim war ständig besetzt. Also setzte ich zuerst Melanie und den Herrn Josef, die mein Telefonat mit dem Trainer so gebannt mitverfolgt hatten, vom neuesten Stand der Ermittlungen in Kenntnis: „Dem Trainer geht es gut und der tote Roman lebt. Wie das möglich ist, werden wir in Kürze erfahren. Die beiden sind auf dem Weg hierher."

„Unglaublich“, sagte der Herr Josef und verordnete sich gegen die plötzliche Aufregung einen dreistöckigen *Scharlachberg*.

„Aber irgendwie cool“, meinte Melanie, und: „Mir auch so was, bitte, aber eine Nummer kleiner.“

Nach einem schnellen kleinen Bier rief ich noch einmal beim Doc an.

„Ich weiß Bescheid“, sagte er. „Hatte soeben ein kurzes Telefonat mit dem Trainer, der sich nach deinem Geisteszustand erkundigt hat. Ich konnte ihn beruhigen und mache mich nun auf den Weg.“

„Und was hältst du von der ganzen Sache, Doc?“

„Sieht gar nicht gut aus“, sagte er und legte auf.

Dann bat ich Melanie, dem Trainer, wenn überhaupt, dann nur äußerst schonend beizubringen, dass ich an ihren Namen und ihre Telefonnummer durch unser unerlaubtes Eindringen in die Meidlinger Mansarde gekommen bin.

„Die Sache bespreche ich mit ihm lieber unter vier Augen, sobald sich die Wogen geglättet haben“, sagte ich.

„Hab ich dir noch nicht erzählt, dass Diskretion mein zweiter Vorname ist?“, sagte Melanie mit einem verschwörerischen Lächeln und verschwand dann auf die Damentoilette, wahrscheinlich um sich den Lidstrich nachzuziehen.

Ich vermute ja, sie genießt es, mit drei ihrer mehr oder weniger intimen Männerbekanntschaften, die ihrerseits wiederum eine Art Schicksalsgemeinschaft bilden, ein mörderisches Geheimnis zu teilen, das nun in den ehrwürdigen, mittlerweile sogar als Maturastoff zugelassenen Räumlichkeiten des *Café Rallye* gelüftet werden soll.

„Melanie“, unterläuft der Trainer allerdings gleich zu Beginn des Meetings die vom Doc verordnete Sitzungsdisziplin, „sag mir, wie kommst du da her ins *Rallye*?“

„Mit der U6 bis Längenfeldgasse, und das letzte Stück …“

„Später!“, fährt der Doc dazwischen. „Könnten wir solche Fragen bitte später und im Einzelgespräch klären? Geht das? Danke. Mein Vorschlag: Der Trainer und Roman berichten, was sich in den letzten Tagen, seit der Trainer quasi fluchtartig seine Wohnung verlassen hat, zugetragen hat."

„Fluchtartig?", sagt der Trainer und macht große Augen.

„Na, schon", sagt Melanie, die eigentlich nicht am Wort ist. „Also wenn das keine Hals-über-Kopf-Aktion war, dann weiß ich nicht …"

„Melanie, würdest du dich eventuell aufs Zuhören beschränken?", weist sie der Doc in die Schranken. „Also was ist danach passiert, Trainer? Beziehungsweise: Warum überhaupt dieser eilige Aufbruch? Du hast dir zusammen mit Melanie *Bring mir den Kopf von Alfredo Garcia* angesehen …"

„Spitzenfilm", ruft sich der Polifka Rudl, der die letzte Stunde über dem Fernsehprogramm geschlafen hatte, wieder in Erinnerung. „Wo spielt's den heut, Josef? Im Einser oder im Zweier?"

„Auf DDT", sagt der Herr Josef. „Trink noch a Achtl, Rudl, und lass die Herrschaften in Ruhe ihre Sachen besprechen."

„Unbedingt", sagt der Rudl. „Aber was heißt da Herrschaften, Josef? Des san unser Kurtl, der Herr Trainer, der Doktor Fesch, irgendwer Neuerer mit längere Haar und die quasi unsterbliche Jean Seberg. Verehrung, junge Frau!"

Der Polifka zieht vor Melanie den imaginären Hut und versackt dann für den langen Rest des Abends in Schweigen.

„… *Alfredo Garcia* angesehen", setzt der Doc unterdessen seinen Fragenkatalog unbeirrt fort, „und erhieltst einen telefonischen Anruf, der dich, so empfand zumindest Melanie die Situation, so sehr in Erregung versetzt hat, dass du …"

„Also ich war dabei, aber davon hab ich nix bemerkt", meint Melanie und präsentiert dazu ihr strahlendstes und dümmstes Jane-Mansfield-Lächeln.

Ein todsicherer Lacher. Worauf der Doc wortlos seinen Vorsitz zurücklegt und an mich übergibt.

„Okay, Trainer", sage ich. „Wer hat dich angerufen?"

„Ich", sagt Roman, der junge Mann mit den langen dunkelbraunen Haaren, der aussieht, als würde ihn jeder kleine

Schritt im Leben ganz viel Bedenkzeit kosten. „Und zwar deshalb, weil ich von der Beamtin in der *Teide-Nationalpark*-Verwaltung grad erfahren hatte, dass für eine Drehgenehmigung auf Teneriffa die spanische Übersetzung aller Filmszenen notwenig ist, in denen Explosionen, Sprengungen und ähnliche pyrotechnische Aktionen geplant sind. Die Vulkanlandschaft um den Teide ist Naturschutzgebiet und die Flora einzigartig auf der Welt. Durchaus verständlich und begrüßenswert, dass die Behörden auf Teneriffa bei Filmaufnahmen mit explodierenden Autos und brennenden Motorrädern das Risiko für ihre einzigartige Landschaft so klein wie möglich halten wollen."

„Danke, Roman", übernimmt der Doc wieder fliegend die Gesprächsleitung. Mit der einzigartigen Flora Teneriffas kann man bei ihm keinen Blumentopf gewinnen. Ich würde sagen, der Doc mag unseren von den Toten zurückgekehrten Spanischstudenten nicht besonders. „Und du hast also diese Übersetzungen angefertigt, Roman?"

„Ja", sagt Roman leise.

„Weil ich ihn darum gebeten habe", bricht für ihn der Trainer eine Lanze. „Wir haben uns im Espresso *Rondo* bei mir unten im Haus kennen gelernt, weil wir beide dort gern frühstücken. Der Roman wohnt ja quasi nur ums Eck von mir ..."

„In der Bonygasse", wirft der Doc ein, der inzwischen eine schwarze Flügelmappe aus seiner schwarzen Aktentasche geholt hat und in den Papieren blättert.

„Genau", sagt der Trainer. „Über die Feiertage war er aber aus Gründen, die jetzt zu weit führen, nicht in der Bonygasse, sondern in Payerbach an der Rax ..."

„... wo er ja im Haus seiner Großmutter aufgewachsen ist", zitiert der Doc aus den Polizeiakten, „nachdem seine Eltern bei einem Lawinenunglück im März 1982 ums Leben gekommen sind."

„Roman, der gläserne Untote", sage ich im Spaß zu Roman, mit einem wissenden Blick in Richtung Doktor Trash, um

dessen rüden, pietätlosen Ton etwas zu entschärfen. Was vielleicht in der Wortwahl auch nicht ganz astrein gewesen sein mag, aber was, bitte schön, sagt man im Scherz zu einem jungen Menschen, der seit ein paar Stunden damit leben muss, tot zu sein?
Gleichzeitig hat der Doc eine nonverbale Auseinandersetzung mit Melanie, die ihm eben vorhin diskret, aber trotzdem gut sichtbar den ausgestreckten Mittelfinger gezeigt hat. Aber um die wirklich abgründigen Kapitel im sinistren Leben des Doktor Trash zu erhellen, sind wir hier nicht zusammengekommen.
Der Trainer erzählt unterdessen ausnahmsweise kurz und bündig, dass ihn Romans Teneriffa-Anruf aus Payerbach dazu veranlasst hat, in aller Eile das Notwendigste in eine Reisetasche zu packen und loszufahren, nicht ohne Melanie am Matzleinsdorfer Platz schweren Herzens aus der froschgrünen Rostlaube zu entlassen.
„Und was habt ihr dann im schönen Payerbach gemacht?", fragt der Doc.
„Allerhand", sagt der Trainer. „Aber nix Böses. Im Gegenteil. Der Roman und ich haben gearbeitet wie die Blöden. Tag und Nacht. Wir sind im Haus seiner Oma gesessen, wo einem niemand telefonisch oder sonst wie auf den Geist geht, ich hab geschrieben und der Roman hat die Szenen übersetzt. Wir hatten zwar einen Mörderstress, aber wir haben es termingerecht geschafft. Und wie man sieht, ist keiner von uns dran gestorben. Wäre dem so, bräuchte ich jetzt nicht dringend die zwanzig Blauen von dir, Kurtl. Die sind nämlich Romans Honorar fürs Übersetzen, die vielen Telefonate nach Santa Cruz und das Dolmetschen, wenn er mit uns nach Teneriffa fliegt. Außerdem kriegt er eventuell günstige Flüge über eine Bekannte bei der *Iberia*. Da landen wir zwar in Los Rodeos, im Norden, aber wir zahlen nur ein Drittel."
„Sehr schön", sagt der Doc. „Bei diesen Filmszenen handelt es sich vermutlich um unsere Verfolgungsjagd des falschen Bertl durch die faszinierenden Vulkanwüsten der Canadas,

die im *Hitzschlag* so eindrucksvoll und realitätsgetreu dokumentiert ist?"
„Nein, Doc", sagt der Trainer und lacht fröhlich. „Es geht nicht um den *Hitzschlag*, sondern um die Film-Musical-Fassung von *Kopfschuss*."
Der Trainer ist fürwahr ein Mann der Überraschungen. Nicht nur, dass er mit einem lebenden Toten am Fuße der Rax (endlich) seine Spanisch-Kenntnisse verbessert, nein, in seinem Kopf rumort offensichtlich auch der kühne Plan, aus einer seiner unvollendeten Räuberpistolen und Blutopern ein Leinwand-Singspiel internationalen Zuschnitts zu machen.
Es gehört vielleicht nicht unmittelbar zum Thema des Abends, aber ich will unbedingt wissen, ob ich mich eben eh nicht verhört habe:
„Hast du *Kopfschuss* gesagt, Trainer? Und *Film-Musical*?"
„So was wie *Singing in the Rain*? *Ein Amerikaner in Paris*? *My Fair Lady*?", gibt auch der Doc seiner Verblüffung Ausdruck.
„Fred Astaire, Gene Kelly, Judy Garland?", staunt Melanie.
„Ja, in dieser Tradition, aber natürlich mit heutigen und bescheideneren Mitteln. Deswegen auch Teneriffa. Die Story spielt zwar im Norden von Mexiko, aber das kannst du dir als Drehort abschminken. Viel zu weit weg und daher viel zu teuer. Außerdem gibt es Gegenden auf Teneriffa, die schauen, wie wir aus eigener Erfahrung wissen, mexikanischer aus als Mexiko. Ich mein, der Sergio Leone hat seine Clint-Eastwood-Western auch nicht in den USA gedreht, sondern in Spanien. Und Winnetou und Old Shatterhand sind im ehemaligen Jugoslawien Hand in Hand in den Sonnenuntergang geritten", meint der Trainer und staunt dann über unser aller Staunen. „Is irgendwas?"
„Erstaunlich", sage ich nach einer längeren Nachdenkpause.
Der Doc und Melanie pflichten mir stumm nickend bei.
Nur Roman, der nicht vom Fach ist, und außerdem mit dem Wahnsinn des Trainers in den letzten Tagen zwanzig Blaue verdient hat, staunt nicht mit.

„Wer behauptet eigentlich, dass ich tot bin?“, fragt er in die Runde.
„Das Fernsehen in dem lokalen Nachrichten-Magazin *Burgenland heute,* die Tageszeitungen und der zentrale Polizei-Computer, wobei diese Informationsquelle auf, sagen wir, nicht ganz offiziellem Wege befragt wurde und ich daher ersuchen würde, sie bei den anstehenden Gesprächen mit den Behörden nicht zu erwähnen“, sagt der Doc.
Roman Schindler schüttelt nur noch den Kopf.
„Wie ist das möglich? Wie kann so etwas passieren?“
„Wir wissen es nicht“, sage ich zu Roman. „Nachdem du aber nicht tot bist, und das scheint bewiesen, stellt sich die Frage, wer im Burgenland mit drei Schüssen hingerichtet wurde, während du in Payerbach die Schriften des Trainers ins Spanische übersetzt hast.“
„Eindeutig der Typ, der Romans Auto geklaut und damit ins Burgenland gefahren ist. Is doch logo“, sagt Melanie.
Roman schüttelt schon wieder den Kopf. Jetzt eine Spur heftiger.
„Mein Wagen wurde nicht gestohlen, Melanie! Wer behauptet denn diesen Blödsinn? Der Wagen steht seit zehn Tagen auf dem Parkplatz neben dem Theresien-Bad, weil ich mit dem Fahrrad nach Payerbach gefahren bin. Das mach ich jedes Jahr im Herbst so um den Nationalfeiertag. Und überhaupt: Wer sollte mir schon das kleine Spuckerl stehlen?“
„Wahrscheinlich jener Mann, der im Burgenland hingerichtet wurde“, sagt der Doc. Er zieht die Computer-Prints von Romans *Ford Ka* aus seiner schwarzen Mappe. „Dieser Wagen steht im Hof des Gasthauses *Zur Post* in Dreikreuz und nicht auf dem Parkplatz neben dem Theresien-Bad.“
Roman betrachtet die Bilder, schüttelt ein drittes Mal den Kopf, jetzt wieder weniger heftig, und schiebt sie dann dem Doc zurück über den Tisch.
„Ja, das ist meiner. Und wo genau steht er?“
„In Dreikreuz. Das ist ein kleines Dorf an der ungarischen Grenze“, sage ich.

„Dreikreuz?“, sagt Roman.
„Tres Cruces“, dolmetscht der Trainer unabsichtlich, weil ganz in Gedanken. „Aber es gibt kein Tres Cruces. Das hab ich für den *Kopfschuss* erfunden.“
„Aber Dreikreuz gibt's“, sage ich.
„Und einen Toten“, sagt der Doc.
„Und Romans kleines, blaues Auto“, sagt Melanie.

29. DREIKREUZ, BURGENLAND

Im fahlen Licht des Allerseelentages ist Dreikreuz noch trostloser als auf den Fernsehbildern, die ich mir mit dem Doc angesehen habe. Das Gasthaus *Zur Post* hat heute Ruhetag. Die Kinder haben schulfrei und spielen Krieg. Sie schießen mit automatischen Plastikwaffen und stürzen wie Stuntmen vom Rad in die nasse Wiese, wo sie regungslos liegen bleiben, bis sich die Nässe durch die Hosen und Pullover gefressen hat. Dann stehen sie auf und leben wieder.

Die Fahrt nach Dreikreuz war kurz, aber beschwerlich. Jede Autofahrt mit dem Trainer am Steuer birgt zirka zehntausend Gefahren, aber heute vervielfachten Schlafmangel und Restalkohol des Lenkers unser Risiko.

Es war eine lange Nacht im *Rallye,* und so gegen vier gebar der Doc im Schnaps die Idee, heute ins Burgenland zu fahren und Romans kleines, blaues Auto sicherzustellen. Melanie wollte unbedingt auch mit. Aber nach einem langen Vier-Augen-Gespräch mit dem Doc, einem kurzen Vier-Augen-Gespräch mit dem Trainer und dem abschließenden Vier-Augen-Gespräch mit mir kam sie zu der Überzeugung, dass alte Männer manchmal besser unter sich bleiben sollten, wie zum Beispiel beim Fischen, Pokern, in einer Rock'-n'-Roll-Band oder bei ihrer privaten Ermittlungsarbeit.

Außerdem ist die froschgrüne Rostlaube mit einem schweigsamen Doc, einem sehr blassen Roman, dem beinah frischen und munteren Kurt und einer Zeitbombe namens Trainer am Steuer voll besetzt.
„Der Kaufmann hat offen“, sagt Roman, als wir mitten im Kriegsgebiet vor dem *ADEG*-Laden aus dem Wagen steigen. „Wenn der Ermordete bei ihm Kunde war, dann kennt er mich nicht.“
Und so ist es auch.
„Der Herr Ostbahn, oder?“, sagt Ernst Reithofer, der von *Burgenland heute* interviewt wurde, aber nicht auf Sendung ging, als wir vor seiner Wurst- und Käsevitrine stehen. „Spielts ihr heut bei uns in der Gegend?“
„Leider nein“, sage ich. „Wir sind nur auf der Durchreise.“
„Auf Ungarn?“, erkundigt sich der Kaufmann und ruft nach hinten in die der Greißlerei angeschlossenen Wohnräume. „Anita, kumm, der Ostbahn-Kurti is da!“
„Wo? Im Radio? Aber es spielt gar kein Radio“, hören wir die Stimme von Anita, vermutlich Ernst Reithofers Ehefrau.
„Sie glaubt's ned“, lacht der Greißler. „Sie glaubt, ich halt sie am Schmäh.“
„Wir müssen gleich weiter und hätten nur gern ein paar Wurstsemmeln und ein paar Dosen Bier“, sagt der Trainer.
„Selbstverständlich“, sagt der Kaufmann. „Was soll's denn sein, Herr Ostbahn?“
Eine halbe Stunde später hat das Ehepaar Reithofer ein Autogramm mitsamt Widmung auf ihrer *Liagn & Lochn*-LP und vier Fotos mit dem Kurtl vor dem Geschäftsportal, und wir haben ein halbes Dutzend Wurst- und Käsesemmeln und ein Dutzend Dosenbiere, alles ein Geschenk des Hauses, weil sich der Kurtl die Zeit fürs Fotografieren genommen hat, was nicht selbstverständlich ist bei einem dermaßen viel beschäftigten Mann.
„Alles okay“, sagt der Trainer zu seinem Übersetzer, als wir wieder im grünen Boliden sitzen. „Er hat dich nicht einmal bemerkt. Also lebst du, Roman. Garantiert.“

„Der Greißler hat doch *keinen* von uns bemerkt, außer den Ostbahn!“, klagt Roman.
„Damit musst du leben“, sagt der Trainer. „Damit lebt unsereins seit bald dreißig Jahren.“
Wir fahren die Dorfstraße zurück zum Gasthof *Zur Post,* wo Johannes Reithofer, der ältere Bruder des *ADEG*-Kaufmanns, schon von weitem zu hören ist. Er hackt hinterm Haus Holz für den Winter und verflucht mit jedem Axthieb lautstark den Herrgott, die Erzengel, den Teufel und seine Frau Erika, die ihn mit der Drecksarbeit allein gelassen hat und nach Kittsee zum Friseur gefahren ist.
Roman Schindlers dunkelblauer *Ford Ka* steht immer noch an seinem Platz im Hof.
„Herr Reithofer?“, sage ich.
„Ruhetag“, sagt der Gastwirt und schwingt gleich wieder die Axt.
„Herr Reithofer!“, sagt der Doc.
„Ruhetag“, bekommt auch er die gleiche Auskunft.
„Es geht um mein Auto“, sagt Roman punktgenau im falschen Moment. „Wir wollen es nur abholen.“
„Was für ein Auto? Bei mir gibt’s kein Auto. Wiederschauen“, erweist sich Johannes Reithofer, wie schon sein ungesendetes Fernsehinterview vermuten ließ, als kein sonderlich umgängliches und warmherziges Wesen.
„Dieser junge Mann“, sagt der Doc und zeigt auf Roman, „ist der rechtmäßige Besitzer dieses blauen Kraftfahrzeugs, Herr Reithofer. Er ist aus Wien angereist, wo ihm der Wagen gestohlen wurde, und er wird jetzt in sein Auto steigen, egal ob Ihnen das passt oder nicht.“
„Der rechtmäßige Besitzer? Der Hippie da? Dann bin ich der Schah von Persien“, sagt der Gastwirt, legt die Axt weg und nimmt einen kräftigen Schluck aus der Doppelliterflasche, die er griffbereit neben dem Hackstock geparkt hat. „Ich kenn zufällig den Besitzer. Er war nämlich ein Gast von mir. Und er is verstorben. Den ham s’ erschossen, quasi vor meiner Haustür. An dem Tag, wo er abreisen wollt, und leider

noch bevor er seine Rechnung bezahlt hat. Das Auto bleibt da, bis ich das Geld hab, das mir zusteht!"

„Ihr ermordeter Zimmergast, Herr Reithofer, war nicht der Besitzer, sondern der Mann, der den Wagen in Wien gestohlen hat", sage ich und weiß gleichzeitig, dass die Wahrheit den geistig nicht sehr wendigen Gastronomen überfordern wird.

„Was wollen Sie eigentlich von mir? Und wer sind Sie überhaupt? Sie stehen auf meinem Grund und Boden, und wann Sie ned gleich dalli, dalli verschwunden sind, hol ich mein Gewehr! Also Abmarsch!", reagiert Johannes Reithofer leider typisch, indem er seinen geistigen Engpass mit blinder Aggression zu kompensieren sucht. (Ist nicht von mir. Ist aus einem Buch, das mir der begnadete, aber frühpensionierte Kriminalinspektor Franz Brunner letzte Weihnachten geschenkt hat.)

Natürlich ist unsereins auch auf diesen Extremfall vorbereitet.

Roman, der Doc und ich halten den wutschnaubenden Gastwirt in Schach, während der Trainer, sozusagen als unser Joker, zum Wagen sprintet, den kleinen, blauen Ford mit Romans Schlüssel startet, die Beifahrertür öffnet und im Retourgang zu uns bis knapp an den Hackstock fährt. Roman springt in den Wagen und die zwei rasen los. Dann verabschieden sich der Doc und ich knapp und formlos von Johannes Reithofer, indem wir wie zufällig seinen Doppelliter umtreten, schwingen uns in die froschgrüne Rostlaube und jagen dem dunkelblauen Kleinstwagen hinterher.

Zirka drei Kilometer später gibt es ein Wiedersehen. Auf einem Feldweg, im Schutz kahler Sträucher.

„Wie vermutet", berichtet der Trainer, „sind die Wagenpapiere aus dem Handschuhfach verschwunden. Dafür haben wir im Kofferraum diese Reisetasche gefunden. Der Inhalt ist absolut sehenswert, würde ich meinen."

Neben sportlicher Herrenbekleidung und Unterwäsche präsentiert uns der Trainer eine 9-mm-Pistole, eine Schachtel

Munition, ein Dutzend Fotos, die einen alten, in Renovierung befindlichen Gutshof zeigen, Bilder von Stacheldrahtzäunen mit dem Schild „Projektgruppe: *Martinihof*", Personalausweise und Reisepässe aus aller Welt, lautend auf ebenso viele Namen, aber mit immer dem gleichen Foto eines jungen Mannes, dem man, wenngleich kurzhaarig, eine gewisse Ähnlichkeit mit Roman Schindler nicht absprechen kann, sowie eine Mappe mit Papieren über eine *Janus Corporation* in Wien, New York und Sankt Petersburg.
„Finanziert diese *Janus*-Dings nicht auch die GID, die ihrerseits wiederum für die Revitalisierung des *Martinihofs* zuständig ist, obwohl sie im Bauwesen nichts verloren hat, sondern interdisziplinäre Diagnostik betreibt?", frage ich den Doc.
„Schön langsam, Kurt", meint er, die Denkerstirn in Falten. „Wer ist *Janus*?"
„Ein römischer Gott mit zwei Gesichtern", weiß Roman. „Der Gott von Eingang und Ausgang, von Anfang und Ende."
„Sehr schön. Danke, Roman", sagt der Doc.
„*Janus*, das ist eine internationale Verbrecherorganisation mit Stammsitz in Sankt Petersburg, die James Bond in dem Film *Golden Eye* nur mit sehr viel Mühe und großem technischen Aufwand zerschlagen konnte", weiß der Trainer. „Das muss, wenn ich mich nicht irre, 1995 gewesen sein."
„Danke, Trainer", sagt der Doc. „Und ich behaupte, dass James Bond im Kampf gegen *Janus* zwar einen spektakulären Teilerfolg erzielt und die Organisation bis zum Ende der Schlusstitel seines Films lahm gelegt hat, aber die Realität beweist uns heute, dass *Janus* immer noch am Leben und weltweit tätig ist."
„Kühne Theorie", sage ich zum Doc. „Demnach ist der Tote mit den vielen Pässen und Namen also ein Spion der Konkurrenz, der von *Janus* beim *Martinihof* entdeckt und hingerichtet wurde."
„So ist es", meint der Doc.
Als wir bald danach in Romans Kleinstwagen auf die Wiener

Stadtgrenze zusteuern (während die übrigen Expeditionsteilnehmer im Trainer-Boliden längst daheim oder im Himmel sind), frage ich den Doc, wie wir weiter gegen *Janus* vorgehen werden.

„Wir?“, sagt Doktor Trash. „Wir gar nicht, Kurt. Das ist ein Parallel-Universum, in dem wir nichts zu suchen und zu sagen haben, und auch nicht die geringste Chance, wenn wir versuchen, dagegen anzutreten.“

„Verstehe“, sage ich. „Aber wenn nicht wir, wer dann?“

„Bond“, sagt der Doc. „James Bond. Sonst fällt mir momentan niemand ein.“

30. TRES CRUCES, MEXICO

Zuerst glaube ich an eine Sinnestäuschung, eines dieser Wüsten-Phänomene, eine Luftspiegelung, die mir ein am Straßenrand abgestelltes dunkelblaues Automobil aus dem Hause Chevrolet vorgaukelt, das haargenau wie mein Mietwagen aussieht, der jedoch nachweislich neben Ernestos Haus auf einen neuen Motor aus Detroit oder Monterrey wartet.

Der Duke und ich sind zirka zehn Kilometer nördlich von Tres Cruces auf dem Weg zur Grenze und dieser Chevy parkt tatsächlich in der Wüste, und zwar exakt dort, wo ich vor ein paar Tagen meine Autopanne hatte, im Schatten der Riesen-Yucca.

„Duke", sage ich, „siehst du den Wagen da vorn?"

„Ja, und?", sagt der Duke. Er wollte mir auf der Fahrt nach Nuevo Laredo von den edlen Pferden der Allman Brothers auf ihrer Ranch in Juliette, Georgia, erzählen, ist heute Morgen aber eindeutig nicht in Plauderlaune. Ersatzweise hat er eine Kassette laufen, *Highway Call,* das erste Soloalbum von Dickey Betts, erschienen 1974 und auf CD nicht erhältlich, ein pures Countryalbum mit einem Schuss Django Reinhardt.

Der Duke scheint von dem Chevy-Phänomen weder überrascht noch beeindruckt.

„Wir sollten anhalten und nachsehen, was da vorn los ist", sage ich.
„Okay, Kurt."
Als wir uns der Yucca und dem blauen Chevy bis auf ein paar Meter genähert haben, ist nicht zu übersehen, dass der Lenker des Wagens in ziemlichen Schwierigkeiten steckt: Der Mann trägt nur weiße Shorts, ein ärmelloses Unterhemd und eine Baseballmütze und er ist mit einem dicken Strick an den mächtigen Baumstamm gefesselt. Er windet sich, soweit das seine Fesseln zulassen, und schreit verzweifelt um Hilfe.
„Wen haben wir denn da?", bleibt der Duke auch jetzt noch völlig unbeeindruckt von dem erbärmlichen Anblick, hält an und steigt gemächlich aus der Limousine.
„Ein Messer!", sage ich. „Wir brauchen ein Messer, Duke!"
Dann renne ich auf die Yucca und den hilflos in der Morgensonne röstenden Mann zu.
Zuerst glaube ich an eine Sinnestäuschung, eines dieser Wüsten-Phänomene, eine Luftspiegelung, die mir das schweißgebadete, schlecht rasierte und zwischen Panik, Erleichterung und Fassungslosigkeit hin- und hergerissene Antlitz eines Mannes vorgaukelt, den ich zuletzt vor vier Jahren auf Teneriffa aus einer ähnlich prekären Lage befreien musste, obwohl er mir seit genau 44 Jahren, seit unserem ersten gemeinsamen Volksschultag, immer nur Zores, Wickel, Brösel, Probleme und Schwierigkeiten eingebrockt hat (siehe: *Kurt Ostbahn: Hitzschlag*).
„Bertl?", sage ich. „Was machst denn du da?"
„Kurti, alter Freund", sagt Herbert Brehm mit heiserer Stimme. „Mach was, bitte. Bind mi los. I verdurscht und vergeh in dera Hitz!"
„Was redet er? Ich versteh kein Wort", meint der Duke und zückt sein Bowie-Messer, um den Bertl von seinen Fesseln zu befreien. „Das ist übrigens John Smith, der wahre John Smith."
„Das ist kein John Smith", sage ich zum Duke. „Das ist der

Bertl, Herbert Brehm, wie auch ich gebürtig aus Vienna, Austria, und mein ewiger Sargnagel."
„*Sargnagel*?", fragt der Duke, während er den Bertl von der Riesen-Yucca schneidet. „Im Kofferraum seines Wagens hat Ramon die zweitausendfünfhundert Dollar gefunden, die er in Nuevo Laredo als Anzahlung kassiert hat. Dieser Mann ist ein Killer, Kurt. Er wollte Ramon umlegen, aber dann haben ihn drüben in Dos Burros wohl der Mut und die letzten Überreste seines Verstandes verlassen."
„Is das wahr, Bertl?", frage ich das Häufchen Elend, das nun schwitzend und zitternd im Sand kauert.
„Wie soll i sagn, Kurti", stimmt der Bertl sein uraltes Lied an. „Sinnkrise. Lebenskrise. Existenzkrise. Glaubst du, ganz ehrlich, Kurti, i könnt wem umbringen? Ich wollt nur die Marie kassieren, in Nuevo Laredo, und mich dann vertschüssen, Richtung Cancun, kurzer Badeurlaub, und dann weiter nach Venezuela. Weißt eh, i hab a sehr schöne Zeit g'habt in Venezuela. Schön verdient. Schön gelebt. Schön geliebt ..."
„Verstehe", sage ich, und weil der Duke nichts davon verstanden hat, übersetze ich ihm Bertls Beichte.
„Verstehe", sagt nun auch der Duke. „Aber woher hat dieser *sargnagel* von dem Mordauftrag und der Geldübergabe gewusst, wenn er nicht der von Regina angeheuerte Killer ist?"
„Gute Frage", sage ich.
Und natürlich hat der Bertl auch darauf eine Antwort: „Des war a b'soffene Gschicht, Kurti, vor vierzehn Tag in San Antonio, da bin i mit einem total fertigen Typ versumpft, der mir bis in den frühen Morgen immer und immer wieder desselbe Gschichtl druckt hat: dass er der John Smith is und unten in Mexiko für zehntausend Dollar den Kapo von einer Motorradl-Bande umlegen wird, die *Junkyard Angels* heißt, und den Vorschuss im Hotel *Reno* in Nuevo Laredo kassiert. Der Typ war so was von hin in der Birn, dass er nicht einmal zurück in sein Hotel gefunden hat, geschweige denn über die Grenz nach Mexiko. Und so bin ich kurz entschlossen für ihn

eingesprungen, zumindest was das Akonto und das Mietauto betrifft."

„Super Aktion, Bertl", gratuliere ich.

„Und was machst du eigentlich da in der Wüste, Kurti?"

Ich frage den Duke, woher er gewusst hat, dass John Smith, der in Wahrheit Herbert Brehm heißt, an einen Baum gefesselt in der mexikanischen Sonne rösten wird, wenn wir auf unserem Weg nach Texas an der Riesen-Yucca vorbeikommen.

„Telekommunikation", grinst der Duke und zieht ein Handy aus der Seitentasche seiner Lederweste. „Der alte Hondo hat Ramon angerufen, als der *sargnagel* in Dos Burros aufgebrochen ist, die *Angels* haben ihn hier in Empfang genommen und an den Baum gebunden, und Ramon hat mich angerufen und berichtet, das *John-Smith-Gedächtnis-Barbecue* hätte soeben begonnen. Das war ein paar Minuten, bevor wir losgefahren sind, Kurt."

„Perfekt", sage ich.

„Apropos", wendet sich der Duke an den immer noch zerknirscht am Boden hockenden Bertl. „Ramon lässt herzliche Grüße bestellen – von Linda."

31. WIEN-FÜNFHAUS

Kopfschuss: Cast

(Version 1.0; 27. Oktober 1998)

Kurt	*Kurt Ostbahn,* Bruce Willis
Killer	Gary Oldman, *Adi Hirschal,* Lyle Lovett
Linda	*Salma Hayek,* Linda Fiorentino
Duke	*Kris Kristofferson,* Clint Eastwood, Dennis Hopper
Hondo	*Willie Nelson*
Ramon	Antonio Banderas, *Johnny Depp,* Lou Diamond Phillips
Emilio	*Graham Greene*
Ernesto	*Kinky Friedman*
Regina Grimes	Liz Taylor, *Cher,* Joan Collins
Samuel Davies	*Woody Allen*

Der Trainer war auf einen Sprung bei mir, hat sich die zwanzig Blauen, die er Roman schuldet, abgeholt und mir eine rote Mappe überreicht, mit den kryptischen Worten, darin sei alles versammelt, was ich wissen müsste: Das *Kopfschuss*-Originalmanuskript, das ich seinerzeit zuerst beim Herrn Josef und dann bei der Gitti Kaltenbeck liegen gelassen habe, die es aber ein halbes Jahr später im Zuge ihrer glücklichen Scheidung und des Umzugs von der Reindorfgas-

se in die Gaibelgasse dem Trainer rückerstattet hat, sowie sämtliche *Kopfschuss*-News, inklusive erster Besetzungslisten (siehe oben) und jener pyrotechnisch heiklen Szenen, die in Payerbach an der Rax von Roman ins Spanische übersetzt wurden.
„Über diese Musical-Variante sollten wir bald einmal in aller Ruhe reden“, sagte ich zum Trainer.
„Unbedingt“, sagte er, quasi schon wieder in der Tür, weil er ein Rendezvous bei einem erstklassigen Inder in der Seidengasse hatte.
„Melanie?“ fragte ich.
„Darüber sollten wir uns demnächst auch in aller Ruhe unterhalten“, sagte der Trainer und entschwand.
Um rasch auf andere Gedanken zu kommen, schenke ich mir ein Glaserl Weißwein ein und schlage die rote Mappe auf. *Kopfschuss.* Eine Blutoper mit Musik von *Kurt Ostbahn & Die Kombo*. Erstes Kapitel. Tres Cruces, Mexiko:

Eine Tagesreise südlich der letzten menschlichen Ansiedlung, die die Bezeichnung Dorf verdient, geht dem Mietwagen der Sprit aus. Oder es ist was mit dem Motor. Oder es liegt einfach an der mörderischen Hitze. Jetzt schon 35 Grad, und es ist erst kurz nach zehn. Jedenfalls stirbt mir der Chevy nach ein paar hässlichen Rülpsern unter den Händen weg. Sieht gar nicht gut aus, würde Doktor Trash jetzt sagen. Meilenweit nur graugelbe Wüste, bis an den Horizont kein Leben, außer ein paar rollenden Büschen und staubigen Kakteen. Und als ich aus dem Wagen steige, um dem Chevy unter die Haube zu schauen, weiß ich: Das ist kein guter Morgen. Das wird nicht dein Tag.

Während der Schreibarbeiten (Frühjahr 1998, Herbst/Winter 1998/99) wurden nachfolgende Tonträger immer wieder gern gehört und können als musikalische Begleiter durch die Lektüre nur wärmstens empfohlen werden:

Willie Nelson: „Across the Borderline“
James Brown: „Live at the Apollo, Parts 1&2“
Kris Kristofferson: „A Moment of Forever“
Miles Davis: „Kind of Blue“
The Allman Brothers Band: „Eat a Peach“
Emmylou Harris: „Wrecking Ball“
Jimmie Vaughan: „Out There“
John Scofield: „A Go Go“
Los Tigres del Norte: „Unidos para siempre“
Clarence „Gatemouth“ Brown: „Gate Swings“
Joe Ely: „Letter to Laredo“

Wolf Haas

Wolf Haas wurde 1960 in Maria Alm am Steinernen Meer geboren. Nach Abschluß seines Linguistik-Studiums arbeitete er zwei Jahre als Uni-Lektor in Swansea (Südwales). Seit 1990 lebt er in Wien.
«Haas ist schlicht die Krimi-Entdeckung der letzten Jahre.» *Die Woche*

Auferstehung der Toten
(rororo 22831)
«Ein erstaunliches Debüt. Vielleicht der beste deutschsprachige Kriminalroman des Jahres.» *Frankfurter Rundschau*

Komm, süßer Tod
(rororo 22814)
Auf den Straßen von Wien bekämpfen sich die Rettungsdienste bis aufs Spenderblut. Nach dem Doppelmord an einem schmusenden Liebespaar tritt Ex-Polizist und Ex-Schnüffler Brenner auf den Plan: Hört die Konkurrenz den Funkverkehr der Kreuzretter ab? Das Buch zur Verfilmung des Erfolgskrimis.
Ausgezeichnet mit dem Deutschen Krimi-Preis 1999.
«Soviel Spaß, Weisheit und Spannung um einen wohlfeilen Preis, das gibt's normal gar nicht.» *Der Standard*

Der Knochenmann
(rororo 22832)
«... ein Muß für alle, die da süchtig sind nach vielversprechenden Talenten.»
Die Welt

rororo

Silentium!
(rororo 22830)
Der Salzburger Klerus beauftragt Privatdetektiv Brenner mit der Aufklärung eines Mordes in einem katholischen Jungeninternat.
«Komischer war der Krimi nie, intelligenter nur selten. Weshalb auch Thomas Bernhard sicher von irgendwoher zuschaut und sich totlacht.»
Die Woche

Ausgebremst
Der Krimi zur Formel 1
(rororo 22868)

«Im Grunde genommen liest sich zurzeit nichts so vergnüglich wie ein neuer Wolf Haas, außer natürlich ein alter Wolf Haas.» *Der Falter*

Wie die Tiere
224 Seiten. Gebunden
Der neue Roman um Killerhunde und Kampfmütter.

Weitere Informationen in der **Rowohlt Revue**, kostenlos in Ihrer Buchhandlung, und im Internet: **www.rororo.de**

3663/6